KB002071

울다가 웃었다

울다가 웃었다

1판 1쇄 발행 2022. 2. 28.
1판 7쇄 발행 2024. 6. 1.

지은이 김영철

발행인 박강휘
편집 김성태 디자인 정윤수 마케팅 김새로미 홍보 반재서
발행처 김영사
등록 1979년 5월 17일 (제406-2003-036호)
주소 경기도 파주시 문발로 197(문발동) 우편번호 10881
전화 마케팅부 031)955-3100, 편집부 031)955-3200 | 팩스 031)955-3111

값은 뒤표지에 있습니다.
ISBN 978-89-349-4916-9 03810

홈페이지 www.gimmyoung.com   블로그 blog.naver.com/gybook
인스타그램 instagram.com/gimmyoung 이메일 bestbook@gimmyoung.com

좋은 독자가 좋은 책을 만듭니다.
김영사는 독자 여러분의 의견에 항상 귀 기울이고 있습니다.

울다가 ──── 웃었다

김영철 에세이

김영사

2020년 12월 겨울에 시작해서 2022년 2월 겨울까지 사계절 동안 모니터 앞에 앉아 자판을 두드렸다. 글을 쓰는 동안 감정의 입자, 애틋한 마음, 내밀한 이야기를 풀어놓으며 일련의 시간을 정리했다. 막상 책으로 묶으려고 보니 수정하고 싶은 부분도 있었지만, 어설픈 글조차 내 모습의 일부라고 생각하기에 더 고치지 않았다.

"쓰고 싶은 만큼 써라. 잘 썼다고 생각하는 문장들을 모두 빼라. 그래도 되는지 보라!" 어니스트 헤밍웨이가 한 말과 달리, 나는 쓰고 싶은 글뿐 아니라 써야만 하는 글을 썼다. 잘 썼다고 생각한 문장들은 온전히 살려두었다. 그리고 편집자가 공들여 다듬어주었다.

"이 책, 진짜 네가 썼어?"라는 질문에 당당히 "내가 썼어"라고 말할 수 있으니 기쁘다. 그럭저럭 괜찮은 글, 문장이 매끄럽지 않은 글, 내용이 빈약한 글도 있는 걸 안다. 보통의 인간인 내가 썼기에 그렇다. 다만, 한 가지 욕심을 내자면 이 책이 힘든 시기를 겪는 모든 사람에게 용기를 주었으면 좋겠다.

사실 나의 밝음과 유쾌함엔 나의 노력도 한몫했다. 나의 명랑은 수없이 노력하고 연습한 결과다.

끝으로 이 말을 건네고 싶다.

우리 함께 울고 웃으며 살아볼까요?

2022년 2월
김영철

울음과 웃음이 반복되는
코미디 같은 인생

2021년 12월 10일 금요일이었다. 아주 평온했던 그날, 라디오 방송을 마치고 나서 매니저와 조식을 먹은 뒤에 집에서 쉬다가, 오후에 명상 수업과 화상 영어 수업을 듣고, 저녁에 친구와 식사를 할 예정이었다. 그런데 오후 3시쯤이었을까. 휴대전화에 문자 일곱 통이 와 있었다. 여섯 통을 읽고 난 뒤, 일곱 번째 문자를 읽다가 가슴이 덜컥 내려앉았다.

"영철아, 대장내시경 결과가 안 좋네. 대장암이란다."

애숙이 누나가 암에 걸렸다니! 눈물이 왈칵 쏟아졌다. 이틀 전, 병원 검사를 받은 누나와 통화를 하면서 나쁜 일이 일어나지 않기를 바랐는데, 행운이 비껴간 것일까. 마음을 가다듬고 침착하게 전화를 걸었다.

"누나야, 몇 기라더노?"

"2기에서 3기 사이라고 하네."

"친한 의사 형에게 어떻게 하는 게 좋을지 물어볼게."

"고맙다."

이어서 엄마에게 전화가 걸려왔다. "내 딸이 너무 불쌍하다. 안됐다"라고 말하며 울먹이는 엄마를 애써 다독여야만 했다. 내가 중심을 잡지 않으면 모두가 흔들리는 상황이었다. 내 마음이 이렇게 찢어질 듯 아픈데, 엄마의 마음은 오죽했을까. 큰누나도 이 슬픈 소식을 듣고 오열했다. 동생이 암에 걸렸다는 이야기를 듣고 얼마나 놀랐을까.

그날 모든 약속을 깨고 싶었다. 마음을 추스를 시간이 필요해 명상 수업은 취소했지만, 화상 영어 수업은 예정대로 들었다. 집에서 혼자 웅크리고 있으면 나아질 게 없고, 오히려 기분이 가라앉을 수 있으니까.

저녁엔 친구를 만났다. 서로 안 지 5년 된 미국인 친구였다. 평소 그는 나에게 가족사와 결혼사를 서슴없이 이야기했다. 그래서인지 나는 그에게 마음이 갔다. 서로 근황을 물으며 이야기를 나눈 지 한 시간 정도 흘렀을까. 그가 "너 별일 없었니?"라고 물었다. 나는 기다렸다는 듯 "슬픈 가족 이야기를 해볼까 해. 그동안 네 슬픈 이야기를 자주 들었는데, 오늘은 내 차례야!"라고 천천히 입을 열었다. 평범할 것만 같았던 하루에 찾아온, 제발 일어나지 않기를 바랐던, 오늘 있었던 일을 털어 놓았다.

그는 침착하게 듣다가 내 등을 토닥였다.

"너의 긍정 기운을 잃지 않았으면 해. 네가 누나에게 좋은 기운을 계속 줘야 해. 괜찮아, 누나는 잘 이겨낼 거야. 병원 예약을 했으니 큰 산은 넘었네. 수술도 잘될 거야. 초기라서 다행이고, 요즘은 예후가 좋아. 걱정하지 마!"

그의 말에 온몸이 아르르 저며왔다.

"서울 생활 시작할 때 나를 뒷바라지해준 누나인데… 어릴 적, 나를 키워준 누나인데… 지금은 울산에서 사회복지학을 공부하며 엄마를 돌봐주고 있는 누나인데… 가족에 헌신하는 누나에게 왜 이런 일이 일어난 거지? 잘못을 저지른 일도 없는데 왜 벌을 받아야 하지?"

나는 억울을 토로하며 하염없이 눈물을 흘렸다.

그가 나에게 "계속 울어"라고 위로했다. 나는 모국어가 아닌 외국어로 지금의 감정을 이야기했다. 외국어로 말하니 꼭 필요한 말만 하게 되고, 다른 나라의 정서로 묘하게 치유받는 느낌이 들었다. 그와 나는 암 투병을 하는 지인 이야기, 가족 이야기를 하며 울다가 웃기를 반복했다. 외국 영화 속 장례식장의 풍경 같았다. 손등으로 눈물을 닦다가 미소를 보이는 그런 모습 말이다.

한동안 농담을 주고받다가, 갑자기 그가 슬픈 이야기를 꺼냈다.

"사실, 오늘은 나에게도 슬픈 날이야. 7년 전 돌아가신 엄마 생신이거든… 엄마 돌아가신 다음 해에 아버지가 사고로 세상을 떠나셨어…"

그가 세상이 끝난 듯이 울었다. 나는 깜짝 놀랐지만 침잠해 있지는 않았다. "슬픈 사연이 있는 친구 앞에서 나만 가장 슬픈 듯한 표정을 지었네?"라는 내 말에 나도 웃고 그도 웃었다. 그날 밤, 우리는 그렇게 울다가 웃었다.

그와 헤어진 늦은 밤, 집에 혼자 있는데 누나 걱정에 잠이 오지 않았다. 펑펑 울어서 눈이 부은 건 아닐까. 억장이 무너져 밤을 지새우는 건 아닐까. 술 한잔 기울이다가 누나에게 자는지 물으면서 걱정하지 말라는 문자를 보냈다. 그랬더니 바로 답장이 왔다.

"주위에 도와주는 사람 많은데 뭔 걱정이고. 어차피 서울 가려고 했는데 미리 간다고 생각하면 되지."

가족력도 있어 더 마음이 쓰인다고 하니, "괜찮다. 다른 사람들이 나약한 모습 안 보였으면 좋겠다. 그러면 내 마음도 약해질 수 있으니까"라며 한마디를 덧붙였다.

"이 기회에 수술하고 나면 살 쫙 빠지겠제?"

누나와 문자를 주고받으며 또 울다가 웃었다. 누나가 건강을 되찾을 거라 믿는다. 모든 건 우리가 믿고 바라는 곳으로 간다고 믿는다. 정말이지 인생은 웃음과 울음이 반복되는 코미디 같다. 눈물을 쏟다가 언제 그랬느냐는 듯 빵싯빵싯 웃는다. 쉰 살이 다가오니 인생을 조금은 알 것 같다. 모두에게 울 일보다 웃는 일이 자주 생겼으면 좋겠다.°

° 이 글은 2021년 12월에 썼고, 2022년 2월 애숙이 누나는 수술을 마치고 건강을 되찾는 중이다. 모든 분의 관심과 기도 덕분이다. "내가 최악일 때 당신이 나를 감당할 수 없다면 최상일 때의 나를 가질 자격도 없다"라는 매릴린 먼로의 말을 떠올려본다. 무사한 하루는 지루한 하루가 아닌 감사한 하루란 걸 깨달았다. 누나의 웃는 얼굴을 다시 보니 더할 나위 없이 행복하다.

차례

1장.　　　슬픔

행복엔 소량의 울음이 있다

곁에 없는 형을
만나는 꿈

나는 매일 꿈을 꾸고, 잠깐 낮잠을 잘 때도 꿈을 꾸는 편이다. 복권을 살 정도의 돼지꿈을 꾸거나 횡재라고 느껴질 만한 희귀한 꿈을 꾼 적은 없다. 그러니 복권을 살 일도 없었다. 어릴 적 500원짜리 뽑기를 두어 번 해봤는데 모두 꽝이었다. 그때부터 나는 그런 헛된 일에 내 운을 소비하지 않기로 했다. 내가 지금까지 복권에 얼씬도 하지 않는 이유다. 내가 꾸는 꿈은 대체로 개꿈이다. 연예인 만나는 꿈, 사인 받는 꿈, 스케이트장에서 엉덩방아 찧는 꿈, 라디오 스튜디오 부스에서 마이크가 켜지지 않는 꿈. 시시콜콜한 꿈들이다.

며칠 전, 이미예 작가가 쓴《달러구트 꿈 백화점》을 추천받았다. 잠들어야만 들어갈 수 있는 마을이라는 설정과 내용이 재미있어서 조금씩 아껴 읽고 있다. 판타지 장르를 좋아하지 않지만, 꿈이라는 소재가 흥미로워서 단숨에 빨려들었다. 나는 미래의 꿈 이야기를 나누거나 매일 밤 꿈을 꾸는 것을 좋아한다.

책을 읽다가, 죽은 사람을 만날 수 있는지 묻는 장면에서 가슴이 쿵쾅쿵쾅 뛰었다. 그럴 수만 있다면, 나는 고등학교 2학년에서 3학년으로 넘어가는 겨울방학으로 가서 하늘나라로 먼저 떠난 큰형을 만나고 싶다.

오래전에는 몇 번 꿈에 나오기도 했는데, 한동안 꿈에서 형을 도무지 만날 수 없었다. 5일째 이 책을 읽고 있는 지금도 마찬가지다. 언젠가 형이 내 꿈에 다시 나타난다면, 그동안 나안 보고 싶었느냐고, 어떻게 지냈느냐고, 그동안 형 대신 내가 가장 역할 해온 거 보았느냐고, 잘하고 있는 것 같냐고 묻고 싶은 것이 많다. 그리고 칭찬도 좀 받았으면 좋겠다. 왜 먼저 떠났는지 따지고 투덜대고도 싶지만, 그러기엔 시간이 너무 아까울 것이다. 한마디만 딱 할 수 있다면, '형, 정말, 정말, 보고 싶었어'라는 말을 하고 싶다.

형을 만나지 못했지만, 어젯밤 내 꿈속에서 판타지가 펼쳐졌다. 내가 1년에 한 번씩 4년 전으로 돌아갈 수 있는 능력을 부여받은 것이다. '올림픽도 아니고 이게 뭐지?'라고 생각하는데, 아나운서 지은 누나가 나왔다. 우리는 종종 만나는 친한 사이고, 《달러구트 꿈 백화점》을 추천해준 사람이 바로 지은 누나다. 나는 누나에게 "왜 4년 전이지? 형이 죽기 전 그 시간으로 돌아갈 수 없을까?"라고 말했고, 누나는 "4년이 어디니? 좋겠다, 넌!" 하고 답했다. 이런 이야기를 주고받다가 꿈에서 깼다.

소설 속 이야기, 꿈, 형을 생각하다 보니 그런 꿈을 꾼 것 같다. 그런데 왜 하필 4년 전이지? 형과 헤어진 지가 올해로 벌써 30년이 지났다. 형을 만나기 위해 되돌아가려면 4년은 턱없이 모자란 시간이다. 형을 언제 다시 만날 수 있을까 헤아려보았다. 먼 훗날, 아니 어쩌면 그리 머지않아 만나게 될 형에게 오늘은 우선 이런 편지를 보내고 싶다.

형, 나 영철이야.
내가 활동하는 거 하늘나라에서 잘 보고 있어? 형 없어도 더 밝게, 막내지만 의젓하게 살려고 노력하는 것도 다 봤지? 형 만나면 이런저런 거 묻고 싶고 칭찬받고 싶다.
형이 하늘나라로 간 그날처럼 그렇게 슬프고 아픈 날은 아직 까진 없어. 누군가가 심한 말로 상처를 주었을 때도, 혼이 났을 때도, 이별했을 때도, 촬영 도중 교통사고가 났을 때도, 대상포진에 걸려서 몇 날 며칠을 고생했을 때도, 엄마가 허리 아파서 병원에 입원했을 때도(그땐 정말 많이 힘들었지) 힘들고 아프고 외롭고 서글펐지. 하지만 내 나이 열아홉 살, 그 겨울 그날만큼 펑펑 울면서 가슴을 부여잡은 때는 없었어.

낮 2시에 이 편지를 쓰고 있어. 해를 보면서 말이야. 달을 보면서 쓰면 내용이 이상해질까 봐. 울면서 쓰면 형 마음이 더 아플까 봐. 아, 가끔 달에게 형의 안부를 묻곤 하는데 들었어? 조만간 꿈에서 한번 꼭 보자. 차 한잔은 어때? 아니다. 형이 서른 살에 하늘나라로 떠났을 때보다 내가 더 컸네. 우리 술 한잔하자. 4년 전으로 돌아가는 꿈 말고, 30년 전으로 돌아가는 꿈이나 내가 고등학교 2학년생이었을 때로 돌아가는 꿈을 꾸게 해달라고 기도를 해야겠다.

고마워, 형. 큰 아픔의 대가로 누군가를 사무치게 그리워하는 능력을 키워준 사람, 햇빛이 비치는 좋은 날에 누군가를 생각하며 눈물을 흘리는 감성을 키워준 사람, 가슴 한구석 설명할 수 없는 결핍으로 사람의 소중함을 알게 해준 사람, 그 사람이 바로 형이야.

내 나이 서른 중반까지 형이 교통사고로 죽은 이야기를 하지

않았지. 어떤 인터뷰나 술자리에서도 말이야. 마흔이 넘어서
야 자연스레 이런 이야기를 하게 되네. 나도 내 마음을 추스를
수 있을 만큼 컸나 봐.

라디오 방송에서도 아주 가끔 형 이야기를 해. 아픔, 그리움, 공
허에 관한 이야기를 하다 보면 자연스레 나오더라고. 자주 하
진 않지만… 얼굴을 볼 수는 없지만, 형은 늘 내 마음속에 있어.
오늘은 이만 줄일게. 어쨌든 잘 있어, 형. 언젠간 보게 되겠지.
씨 유 레이러.

그리움의 넓이

라디오 방송에서 청취자의 사연을 소개하다가 울음을 터트렸다. 사연인즉, 청취자의 엄마는 식당을 운영한다고 했다. 하루는 청취자가 식당 일을 봐주다가 전화를 받았다. 한 시간이 지나도 음식이 오지 않는다는 고객의 항의였다. 딸은 배달하러 간 엄마를 찾으러 돌아다니다가 골목에서 주저앉아 울고 있는 엄마를 보았다. "왜 울어?"라고 딸이 물으니, 엄마가 "이제 나이가 들어 길도 잘 못 찾겠다"라고 말했다. 이 사연을 읽는 순간, 그때 생각이 나서 오열했다.

1982년, 내가 아홉 살 때였다. 엄마는 아버지와 별거를 하면서 부산역 근처 아리랑 호텔 뒤쪽에서 식당을 운영했다. 매주 토요일마다 나는 엄마를 만나러 부산에 갔고, 일요일 밤에 기차를 타고 울산으로 돌아왔다. 큰형과 큰누나는 성인이 되어 엄마를 매주 만나러 가지는 않았고, 나와 중학생이었던 애숙이 누나만 매주 엄마를 만나러 갔다.

매일 달력을 보며 엄마 만나러 가는 날을 손꼽아 기다렸다. 토요일이면 기차가 도착하기 한 시간 전에 기차역에 가서 엄마 보고픈 마음에 발을 동동 굴렀다. 울산 서생역에서 부산역까지는 두 시간. 그때는 KTX처럼 빠른 속력을 자랑하는 기차가 없었고, 나는 비둘기호에 앉아 느릿느릿한 속도에 애가 탔다. 부산에 도착하면 우리는 엄마가 하는 일을 도왔다. 엄마의 사촌 동생인 평순이 이모네 두 아들, 정환이 형과 동환이 형을 졸졸 따라다니면서. 지금도 두 형에게 전화가 오면 눈물이 핑 돈다.

그때부터 기다림을 배웠는지도 모르겠다. 달이랑 친해진 것도 그때쯤이었다. 일주일 중 하루 엄마를 꼭 껴안고 잠들었다가 일요일에 엄마랑 긴 하루를 보내고 난 뒤 저녁 8시 막차를 탔다. 기차 맨 끝 칸에 앉아 창밖에서 손을 흔드는 엄마를 보면서 눈물을 쏟아냈다. 식당을 운영한 지 1년이 지나고 엄마는 울산으로 돌아왔지만, 엄마와 떨어져 지냈던 그 시간을 나는 아직도 생생히 기억한다.

라디오 청취자의 사연을 듣다가 울었던 건, 그때 고생하던 엄마의 모습과 그런 엄마를 늘 그리워하던 내 모습이 함께 떠올랐기 때문이다. 식당 손님이 엄마에게 무례하게 굴기도 했는데, 그 장면만 생각하면 목이 멘다. "저도 엄마가 식당 했을 때가 생각나네요"라고 감정을 추스르며 넘어갔지만, 라디오를 듣고 있던 청취자들은 모두 눈치채지 않았을까 싶다.

누군가를 그리워하며 마음 먹먹했던 시간이 아홉 살의 나에게 있었다.

두 번의 이별에
대처하는 자세

엄마는 1938년에 태어났다. 여덟 살에 광복을 맞았고, 그이후 한국전쟁도 겪었다. 우리나라 근현대사의 굴곡을 몸소 살아내며, 엄마는 얼마나 많은 생각을 했을까. 서른여덟 살에 나를 낳은 엄마와 49년째 살고 있다. 내가 서울 생활을 하면서 20년 가까이 떨어져 살고 있지만 말이다.

엄마는 스물두 살에 결혼했고 쉰세 살에 이혼했다. 그리고 그다음 해에 큰형을 하늘로 떠나보냈다. 결혼 후 남편과 함께 산 만큼의 시간이 이혼 이후 흘렀다. 30년을 함께 지냈던 큰형과 헤어진 지도 다시 30년이 지났고, 그 시간만큼이나 큰 그리움이 엄마의 가슴속에 자리 잡고 있을 것이다. 이 두 번의 큰 이별을 엄마가 어떻게 이겨냈을지 생각하면 뭉클하다.

울산에 가면 엄마에게 슬며시 형 이야기를 꺼낸다. "엄마도 형 보고 싶제?"라고 물으면, 엄마는 "꿈에도 잘 안 나온다"라고 답한다. 그러면서 "아이고, 서른에 죽었다. 지금 살아 있음 예순이 다 되었을 건데…" 하고 여운을 남긴다. 형의 나이까지 정확하게 말하는 거 보니 매일매일 날짜와 시간을 계산할지도 모르겠다는 생각이 든다.

나에게는 형이지만 엄마에게는 아들 아닌가. 처음 얻은 자식이자 온갖 고생을 함께한 장남. 엄마는 형 이야기가 나오면 "살아 있음 얼마나 좋겠노?"라는 말로 빨리 이야기를 끝내고 싶어 한다. 나는 더 이상 엄마의 속마음을 캐묻지 않는다.

1992년, 내가 고등학교 2학년 때였다. 봄인지 여름인지 가을인지는 모르겠다. 그날 비가 왔다는 건 정확하게 기억한다. 동네 상점 처마 밑에서 큰누나에게 엄마와 아버지의 이혼 소식을 들었다. "진짜?"라고 되물으며 나는 아주 좋아했다. 엄마에게 자유가 주어지고 새로운 인생이 생겼으니 기쁘지 아니한가. 지금의 감정과 여유를 그때 가지고 있었다면, 샴페인을 터트렸을 텐데… 그때 나는 술 한잔 마시지 못하는 열여덟 살이었고, 다음 날 신나서 등교하기에 바빴다.

네 형제가 모두 엄마와 살기로 하면서 엄마와 아버지의 결혼 생활은 장렬히 끝났다. 무섭고 불편하고 어렵기만 한 아버지를 보지 않아도 되어서 좋았다.

그러다 스물두 살, 군대 가기 전이었다. 아버지에게 인사를 드리는 게 어떻겠느냐고, 엄마가 내게 말했다. 몇 년 전에도 큰누나의 부탁으로 두 번 정도 아버지를 만났는데, 어색했다. 슬프게도 그랬다. 내가 아버지를 너무 무서워하고, 부자 사이에 좋은 추억이 별로 없으니까.

엄마가 큰형과 아버지에 대해 물으면 "그냥 그랬지 뭐!"라고 대답한다. 그러면 엄마는 더 이상 캐묻지 않는다. 우리는 서로 민감한 이야기에 말을 아낀다. 우리 가족은 각자의 방식으로 큰형을 추억하며 슬픔을 삼키고, 억누르고 있다. 문득 이런 생각이 든다.

이별의 상처는 완전히 지워지지 않지만 조금씩 흐려진다고. 유쾌한 집에도 저마다의 아픔이 있다고.

인생 댓글

비호감, 핵노잼, 극혐… 한때 누군가는 나를 이렇게 불렀다. 코미디언으로서는 최악의 평이 아닐 수 없다. 열이면 열, 모두에게 칭찬받고 싶었던 나에게는 충격적인 일이었다. 하지만 모두가 나를 좋아하는 건 불가능한 일일 테니, 무색무취보다 호불호가 있는 게 낫다고 생각했다. 그렇다고 나를 향한 화살 같은 댓글에 마음이 아무렇지 않은 건 아니었다.

2015년, 〈진짜 사나이 2〉는 내게 전환점이 되어주었다. 화생방 훈련에서 행군까지 온 힘을 다했더니, 시청자들이 조금씩 내 진심을 알아주었다. 그때 내가 나온 방송의 댓글 하나하나를 다 읽었는데, "비호감 이젠 끝" "김영철, 군 생활 이리도 잘하네" 등 넘치는 청정 댓글에 눈물을 쏟았다.

"영철 씨, 낭중지추囊中之錐! 웃고 나서도 찝찝한 독설 막말 개그 안 하고, 무더기무더기 누구 라인이라 말하며 편 짜서 출연 안 하고, 얼굴과 입담만으로 정직한 웃음을 주던 영철 씨가 비주류와 비호감이라는 화살을 받으며 무시당할 때 무척 슬펐는데, 요즘 내가 영철 씨의 오래된 팬이라는 게 행복하네."

아이디 '로케트' 님이 쓴 댓글인데, 2015년 5월 4일 오전 8시 3분에 캡처해 휴대전화 사진첩에 소중히 보관해두었고 가끔 꺼내 읽는다. 나를 진정 알아주는 팬이 있다는 생각 때문이었을까. 이 댓글을 읽는 순간 주체할 수 없이 눈물이 흘렀다. 하염없이 우는 와중에, 난생처음 보는 단어 '낭중지추'의 뜻이 궁금해 검색했다. "주머니 속 송곳같이 재주가 뛰어난 사람은 자연스레 두각을 나타낸다"라는 뜻을 보자마자 잦아든 눈물이 다시 쏟아졌다.

살다 살다 사자성어 뜻풀이에 이렇게 울다니! '군계일학' 같은 거창한 말이었다면 오히려 큰 감흥이 없었을 것 같은데, '낭중지추'는 무언가가 내 가슴을 뾰족하게 찌르는 느낌이었다. 태생부터 뛰어난 사람이 아닌, 안간힘 쓰다 기어코 튀어나온 사람의 모습이 떠올라서였을까?

로케트 님이 이 글을 본다면 내 인스타그램이나 다른 SNS에 댓글을 달아주면 좋겠다. 오죽하면 새 프로그램을 기획하는 자리에서 방송작가에게 '댓글의 주인을 찾아서'라는 프로그램을 만들자고 했을까. 연예인들이 자신에게 가장 힘이 된 댓글을 소개하고 그 댓글을 달아준 사람을 찾아가서 만나는 내용인데, 프로그램으로 만들어지지는 않았다.

어떤 분은 나를 두고 "질린다"라고 말한다. 그런데 그렇게 나에게 욕을 하던 분이 종종 팬이 되기도 한다. 욕하다가 좋아졌단다. 다행이다. 웃어넘기기엔 너무 아픈 댓글도 있지만, 로케트 님의 댓글을 떠올리면서, '그래, 아직 나 잘하고 있다'라고 내가 나를 더 토닥여준다.

별일 없느냐는 말

2019년 가을이었다. 무릎 수술을 한 엄마가 허리 재수술을 했다. 주중에 수술을 받은 엄마를 만나러 금요일에 울산으로 내려갔다. 뼈가 닳고 닳아서 이번이 마지막 수술이 될 거라고 했다. '마지막'이라는 말 앞에 나는 본능적으로 두 손을 모았다. 부모님의 닳아버린 뼈마디를 마주한 모든 자식의 바람은 똑같지 않을까.

그 며칠 동안 시도 때도 없이 눈시울이 붉어지고 때때로 우울해졌다. 다행히 엄마의 수술은 잘 끝났고 지금은 건강하게 지낸다. 수술 후 주 3회 물리치료를 받는 동안 살이 눈에 띄게 빠져서 마음이 아렸는데, 요즘은 살도 조금 올랐다.

엄마는 자식들에게 폐 끼치는 건 싫어하지만 계산 하나는 정확하다. 언젠가 큰누나가 엄마에게 김장값 20만 원 주는 것을 깜박했다. 마침 둘이 함께 농협 마트에 가게 되었고, 그곳에서 엄마는 딱 20만 원어치 물건을 사더니 "아이고, 내 지갑 안 갖고 왔다"라고 했다. "엄마, 이거 내가 낼게"라고 하는 큰누나에게 엄마가 말했다. "니 김장값 안 줬다 아이가, 맞제?"

내가 특히 좋아하는 엄마의 장점은 이거 해라, 저거 해라 강요하지 않는다는 것이다. "옥수수 먹을래?"라고 묻는 엄마에게 "아니"라고 답을 하면 그걸로 끝이다. 엄마는 먹어라, 말아라, 더 말하지 않는다. 다만 옥수수를 삶아 식탁에 올려두고 간다. 나는 엄마의 이런 행동이 너무 재밌다.

엄마가 어떻게 살아왔는지, 살면서 얼마나 많은 상처를 받고 또 그걸 어떻게 이겨냈는지, 나는 감히 헤아릴 수가 없다. 그런데 엄마는 나의 전부를 알고 있는 것 같다. 가끔 뭔가를 눈치챘는지, 엄마가 "별일 없나?"라고 물으면, 내 마음은 아이스크림처럼 녹는다. 힘든 마음이 단번에 치유된다. 엄마가 모든 걸 다 아는 게 신기하다.

행복은 빈도다

사람들은 'Are you happy?'라는 질문을 받으면 바로 어떤 답을 떠올릴까? 나는 무조건 'So happy'라고 말한다. 가식적으로 들릴지 모르겠지만 진심이다. 쭈뼛쭈뼛 '음…' '글쎄…'라고 말하는 건 내 스타일이 아니다. 'No'도 아니고, 'So so'는 더 아니다.

오래전에 읽은 칼럼이 생각난다. '행복한가?'라는 질문에 '그렇지 않다!'라고 말하면 행복해질 확률이 낮아진다는 내용이었다. 그 글은 '그렇지 않다!'라고 부정적으로 말하지 말고 '소소하고 작은 것에 감사함을 느끼며 행복하게 살아라!'라는 메시지를 전했다. 행복하려면 연습이 필요하다는 말이다.

행복은 '강도'가 아니라 '빈도'다. 기분이 좋지 않고, 짜증이 나고, 덜 행복한 것 같아도 일단 그냥 행복하다고 말해보면 어떨까. 그럼 행복해질 일이 생길지 누가 알겠는가.《이상한 나라의 앨리스》에서 앨리스는 남에게 휘둘리지 않고 자기의 길을 간다.《빨간 머리 앤》에서 앤은 모퉁이를 돌면 어떤 일이 펼쳐질지 몰라도 희망을 잃지 않는다. 이렇게 긍정적으로 살아가는 주인공의 이야기를 생각하면 행복해진다. 나는 라디오 방송에서 앤의 말을 소개하면서 '난 하루 종일 모퉁이가 있는 길을 걸을 테야!'라고 생각했다. 매사에 좋은 일이 생길 거라 믿고 행복하다고 여기며 하루를 보낸다면 즐겁지 않겠는가.

얼마 전, 인테리어를 새로 했다. 내가 쓰던 TV는 애숙이 누나에게 주기로 했다. TV를 가지러 누나가 서울에 왔다. 엄마가 담근 김치도 가지고 왔다. 오랜만에 서울에 온 김에 며칠 머물다 가기로 했는데, 이틀 정도는 집에서 잘 수가 없어서 근처 호텔에서 지내게 되었다. 우리는 이런저런 담소를 나누며 귀한 시간을 보냈다. 나는 짬을 내어 누나와 함께할 계획을 세웠다. 아침 라디오 방송이 끝나자마자 누나와 마사지를 받고, 아주 근사한 레스토랑으로 점심을 먹으러 갔다.
'행복한 남매'라는 명찰을 나란히 단 듯한 모습으로 한껏 웃으며 레스토랑에 들어섰는데, 누나가 "여기 너무 비싸지 않냐"는 말을 반복하면서 다른 걸 먹어도 된다며 선뜻 주문하지 못했다. 나는 큰 소리로 "누나랑 여기 꼭 같이 오고 싶었어. 다음에 엄마도 모시고 오자!"라고 말했다. 우리는 코스 요리를 먹었다.

누나가 조금 급하게 먹는 것 같아서 "천천히 묵어라"라고 했다가, 내 말을 듣자마자 또 너무 천천히 먹는 것 같아서 "식으니까 빨리 묵어라"라고 했더니, 누나 왈.

"이 자슥이 뭐 빨리 묵으면 빨리 묵는다, 천천히 묵으면 천천히 묵는다. 뭐 어쩌라꼬?"

티격태격, 현실 남매의 케미를 발산하던 우리는 이내 웃음이 터졌다. 그 순간 나는 울컥했다. 음식이 나올 때마다 감탄과 "맛있어"를 연발하면서 진심으로 행복해하는 누나를 보는데 왜 짠한 마음과 애틋함이 몰려왔을까. 울컥한 마음을 들키고 싶지 않아서 밝은 이야기로 화제를 돌렸다. 그렇게 두 시간가량의 시간이 흐르고, 우리는 프랑스 귀족처럼 우아하게 식사를 마쳤다.

울산으로 내려가는 누나를 배웅하는 길, "오늘 밥도 맛있었고 고마워. 너무 행복했어!"라고 말하는 누나 앞에서 눈물이 주르륵 흘렀다. 마사지 숍도 레스토랑도 나는 종종 가는 곳인데, 그 두 가지에 정말 행복해하는 누나를 보니 가슴이 몽글몽글했다. 나는 가끔이라도 누리고 사는 것들을 누나는 처음 경험해보았다는 데에 대한 미안함일까. 어릴 적 나를 보호해주고 보살펴준 누나에 대한 보답이 늦었다는 데에 대한 죄책감일까. 한 남매가 한자리에서 다른 감정으로 식사를 한 것을 생각하면 기분이 묘하다. '갱년기 아냐?'라고 놀려도 좋다. 갱년기에 가까운 나이가 되었으니까.

울산에 잘 도착했다는 누나의 문자메시지를 받고 별안간이런 생각이 들었다. 행복한 순간에도 아주 소량의 슬픔이 함께 있다는 것. 나는 옥시모론oxymoron(양립할 수 없는 말을 사용하여 강조 효과를 내는 수사법)을 좋아한다. 예를 들면 작은 거인, 찬란한 슬픔, 사랑의 증오… '슬픈 행복' '행복한 슬픔'도 그러하다.

에쿠니 가오리가 쓴 《호텔 선인장》이 떠오른다. 청년 세 명이 만나 우정을 쌓고 헤어지는 과정을 그린 이야기다. 이 소설을 읽으며 나는 이런 생각을 했다. '봄 여름 가을 겨울은 순환하고, 행복한 날들은 조금 아릿하게 스쳐간다.' 누나와의 그날이 꼭 그랬다.

별게 다
서글퍼질 때

요즘 새벽에 여러 번 잠에서 깼다. 얼마 전까지는 비교적 잠을 잘 잤다. 요즘에도 금요일과 토요일은 마음 편히 푹 잔다. 물을 많이 마시고 자는 습관 때문인지, 소변이 마려워서 한두 차례 일어나는 정도다. 기상 시간까지 두세 시간이 남은 걸 보면, 쾌재를 부르며 다시 잠을 청하곤 한다. 깨고 나서 바로 다시 잠드는 건 큰 복이다.

그런데 일요일에서 월요일로 넘어가는 날이 문제다. 다음 날 생방송이 있고, 한 주를 시작한다는 부담감 때문인지 잠들지 못하고 뒤척인다. 이유를 모르겠다. 사랑에 빠졌거나 좋아하는 사람이 생겨서 잠을 설치는 거라면 얼마나 좋을까. 그런 게 아니니 서글프다. 책을 쓰는 일 때문에 기분 좋은 스트레스를 받아서일까. 미국 할리우드에서 연락이 와서 그럴까. 이건 서글픈 일이 아닌데 요즘 나는 왜 서글플까.

　서글픈 일들이 또 뭐가 있을까 떠올려본다. 일단 라디오 방송 대본의 글씨가 작게 보인다. 노안이 오는 듯하다. 인간의 순리대로 서서히 그렇게! '다초점 렌즈를 써라' '라식을 해라' '라식 기술이 발달해서 주말에 수술하면 월요일에 출근할 수 있다' '너무 나이 들면 바로 주말 안으로는 회복이 불가능하다' '휴가 써서 라식을 해라' '지금 라식을 하지 마라, 네 나이엔 안 좋다' '대본 글자 크기(현재 12pt)를 더 크게 키워달라고 해라' 등 여러 조언 중 한 가지는 들어야 할 거 같다. 안과 가기가 무서운 건지 귀찮은 건지 차일피일 미루고 있다. 무서운 거라면 애잔하고 귀찮은 거라면 서글프다. 성실하고 부지런한 내가 미루는 걸 보니 나도 모르는 내 속마음이 있는 듯하다.

　이번 주말, 제주도에 사는 부부가 우리 집에 놀러 왔다. 늦은 시간, 술 한잔을 하고 두 사람이 호텔로 돌아가는 길. 아파트 앞까지 바래다주러 현관문을 나섰다. 쓰레기도 버릴 겸 함께 걸어가다가 아파트 진입로에서 봉변을 당했다. 그곳에 배수판이 조금 튀어나와 있었는데, 거기에 걸려 넘어진 것이다. 밤이라서 앞이 잘 보이지 않았다. 쓰레기를 든 왼손으로 땅바

닥을 짚으려다가 미끄러지면서 시멘트 바닥에 손가락을 갈았다. 배수판 중간 부분을 밟았으면 넘어지지 않았을 텐데, 오른발 끝부분과 배수판 끝부분이 딱 닿으며 자빠졌다. 슬리퍼를 신고 있어서 더 통제가 안 된 듯하다.

응급실이나 병원에 갈 정도는 아니었지만 아팠다. 중지와 약지가 조금 까졌다. 예전이면 날렵한 반응으로 넘어지지 않았거나 덜 다쳤을 텐데… 순발력이 확실히 떨어졌다. 집에 마데카솔도 없어서 서글펐다. 대일밴드는 있었다. 하루 지나면 까진 부위가 더 따가울 텐데… 비닐장갑을 낀 채 설거지를 하고 머리를 감았다. 서글퍼질까 봐 웃으면서 했다. 공휴일이라 약국 문은 닫혔을 게 뻔하고, 편의점에 가서 소독약과 마데카솔 등 비상약을 샀다. '아주 나이스' 하고 노래를 부르진 않았지만, 안도의 한숨을 쉬며 미소를 지었다. 이런 상황이 슬프지는 않았다. 조금 행복했다.

얼마 전 주말, 도산공원을 걸을 때였다. 한 커플이 내 쪽으로 다가왔다. 특유의 걸음걸이, 옷, 제스처 때문인지 마스크를 써도 사람들이 종종 나를 알아본다.

"저기 사진 좀…"

"아, 네. 안녕하세요? 어, 좀 그러니, 마스크 쓰고 찍어도 괜찮겠죠?"

"네? 아니요. 우리 둘 좀 찍어달라고…"

정말이지 웃픈 상황이었다. '악… 아이 씨, 이 상황을 어떻게 넘기지?'라고 생각하던 찰나, 두 사람이 "연예인이세요? 오올, 맞다!"라고 했다.

이번엔 '다른 사람으로 착각했을 수 있으니, 내가 먼저 인사해야지'라고 생각했고, "아, 안녕하세요? 코미디언 김영철이에요. 사진 같이 찍어드릴까요?"라고 말했다. 같이 사진 찍고 싶다고 말도 안 했는데, 그들은 자기들 사진 찍어달라는 건데, 내가 앞서서 말해버린 거다. 다행히 두 사람이 "저희 사진 찍고 나서 같이 찍을게요!" 해서 해피엔딩으로는 끝났지만 당황한 마음을 감출 수 없었다. 조금 덜 서두르고, 상대방이 하는 말을 좀 더 들었더라면 좋았을 것을. 나는 왜 그리도 다급했을까. 나는 앞서는 아이, 아니 앞서는 어른인가 보다.

다시 생각해보니 새벽에 잠에서 깨는 건, 라디오 생방송으로 전 국민을 만난다는 의무감 때문인 듯하다. 글씨가 선명하게 보이지 않는 건, 나이를 먹고 있다는 증거다('노화' '늙다' 이런 단어는 절대 안 쓸 거야!). 책을 덜 보면 노안 방지에 좋을 것 같은데 그럴 순 없다. 병원에 가는 건 서글프다. 뜬금없이 넘어진 건, '살면서 가끔은 정말 넘어진다!'라고 생각하니 위안이 된다. "저기, 사진…" 하고 말하는 사람이 나와 사진 찍고 싶은 사람이라고 착각한 건, 내가 때때로 자기 위주로 해석하기도 하고, 나름 관종의 기질이 있어서라고 변명해본다.

코미디언들끼리 이런 말을 주고받곤 한다. 준비한 유머를 살리지 못할 수는 있다. 하지만 터트리지 못한 유머를 설명하는 건 최악이다. 터지지 않은 유머에 대해 '그게 뭐냐면' 하고 설명하는 걸 상상해보라. 네 가지 서글펐던 일을 다시 정리하고 있는 지금이 바로 그런 상황인 것 같아서 이 또한 서글프다. 다행히 지금은 오후 1시 59분이다. 밖에 나가보자. 누가 사진 찍자고 할지도 모르니! 오후 2시는 사진 찍기 좋은 시간 아닌가!

미카사 수카사

스페인어 '미카사 수카사Mi casa es su casa'는 '이 집은 너의 집과 다름없어. 네 집처럼 편안하게 놀면서 즐겨도 돼'라는 의미다. 영어로 'Make yourself at home' 또는 'My house is your house'의 의미와 유사하다. 자기 집에 누군가를 초대할 때 '이 집은 내 집이야. 절대 네 집이라고 생각하지 말고 적당히 지내다 가라'라고 말하는 사람은 없을 것이다. 나는 이 '미카사 수카사'라는 말을 매형에게 해주고 싶다.

설 명절에 엄마와 매형과 조카가 우리 집에 왔다. 5인 이상 집합 금지 명령을 유지했다. 울산으로 내려가는 게 부담스러울지 모를 나를 위한 엄마의 배려였다. 엄마와 매형은 사이가 좋다. 두 사람은 20분 정도 떨어진 거리에 산다. 매형은 주 3~4회 혹은 거의 매일 엄마 집에 간다. 엄마뿐만 아니라 애숙이 누나와 나도 매형을 좋아한다. 이제는 진짜 가족과 다름없다. 그런 매형이 오랜만에 우리 집에 온다니, 들뜨고 신났다.

문득 몇 년 전 겨울, 매형과 단둘이 나눴던 대화가 떠올랐다. 매형의 어머니가 병마와 싸우시다가 하늘나라로 떠나셨다. 며칠 후 매형과 술을 마셨다. 큰누나, 애숙이 누나, 엄마, 조카들은 여기저기 흩어져 있었고, 우리는 내 방에서 단둘이 소주 한잔을 했다. 나는 위로의 말을 건네기가 조심스러웠다.
그러던 중 매형이 대뜸 친구에게 말하는 투로 툭 던지듯이, "처남, 나 이제 엄마는 느거 엄마밖에 없다"라고 말했다.
서글픔과 애틋함이 느껴져서 내가 바로 대답했다.
"우리 엄마, 매형 느거 엄마 해라."
매형이 말했다.
"그럴까?"
"나는 서울에 있고, 매일 엄마를 못 챙기잖아. 매형이 우리 엄마를 더 자주 보니 아들이나 다름없지."
정말 순수하고 예쁜 말 같았다. "이제 엄마는 느거 엄마밖에 없다." 그날 나는 처음으로 매형에서 '매' 자를 지웠다. 이제 매형은 누나의 남편이 아니라 나의 형이나 마찬가지다.

내가 열여덟 살 때 매형은 서른 살이었다. 큰누나가 결혼하고 매형이 생겨서 좋았지만, 마음을 나누기에는 조금 거리가 있었다. 그때 나는 술을 한 잔도 못 하는 고등학생이었고, 당구도 함께 쳐줄 수 없었다. 학창 시절 좀 놀았던 매형의 눈에 나는 아무것도 모르는 어린 처남이었다. 내가 군대에 가고, 제대하고, 술 한잔을 기울이면서 친형제처럼 가까워졌다. 큰형이 하늘나라로 떠난 후, 매형은 내게 든든한 버팀목이 되어주었다(참고로 큰형과 매형은 동갑이다).

지금 나는 내 방에서 이 글을 쓰고 있고, 엄마와 매형은 〈미스트롯〉 재방송을 보고 있다. 매형과 조카에게 책에 이런 에피소드를 써도 되느냐고 물어봤는데, 〈미스트롯〉을 보다가 재방송이어서 〈나는 자연인이다〉를 본다고 한다. 매형과 나는 띠동갑이다. 매형은 집에서는 막내지만 나에게는 형이다. 매형은 엄마와 잘 맞고 잘 논다. 매형과 엄마와 나는 모두 범띠이다. 이런 공통점은 우연의 일치일까?

최소한의 효도

나는 매일 엄마와 통화를 한다. 서로 바쁘면 1분, 동네 이슈가 있으면 5분, 가족 일이나 험담할 일 있으면 10분. 평균 3분 남짓 전화기를 붙들고 있다. 이런 일상이 4년쯤 되었다. 하루도 빠지지 않고 엄마와 이야기를 하다 보니 내가 몰랐던 엄마를 알게 돼서 좋고, 엄마에게 더 잘해주고 싶은 마음이 커졌다.

엄마가 식물을 키운다는 것도 전화로 알았다. 엄마와 남산에 있는 하얏트 호텔에 갔을 때, 엄마가 호텔 안 야외 정원이 있는 카페에 가고 싶었다는 것을 뒤늦게 알았다. 엄마의 취향을 세세히 알게 되니 음식 고르는 일로 다툴 일이 없다. 엄마는 회는 먹지만 초밥은 좋아하지 않고, 칼국수는 좋아하지만 라면은 좋아하지 않고, 고기보다는 육회를 더 좋아한다.

매일 엄마와 통화를 하는 것. 살면서 내가 가장 잘하고 있는 일이라고 생각한다. 멀리 떨어져 살면서 자식 걱정이 이만 저만이 아닐 텐데, 내가 뭐 하고 사는지 매일 들으니 엄마도 좋아하는 것 같다. 이런 게 효도일까? 물론 엄마의 큰 기쁨은 내가 결혼해서 자식을 안겨드리는 일이겠지만! 그게 뭐 사람 뜻대로 되나…

내 나이 마흔 초반까지, 엄마는 내게 언제 결혼할 거냐고 자주 물었다. 가상 결혼 프로그램에 출연했을 때는 "참말로 좋아하나"라고 묻고, 예능에서 누구를 좋아한다고 말하면 "좋아하면 결혼하자 해라!"라고 하더니, 이제는 "좋아하면 알아서 해라"라고 내 선택을 존중해준다. 엄마가 결혼 생활을 아름답게 하지 못해서 그런지, 결혼을 강권하지는 않는다.

우리 집에 와서 내가 요리도 하며 잘 사는 걸 보더니 "혼자 살아도 되겠다. 내보다 더 잘해 묵네"라고 한다. 어릴 적, 부모님의 불행한 결혼 생활을 보아왔기 때문일까. 마음속 한편에 말할 수 없는, 명확하게 설명할 수 없는 아픔이 깊은 상처로 남은 것 같다.

언젠가 엄마의 첫사랑 이야기를 들은 기억이 난다. 지금 엄마에게 남자 친구는 없는 걸로 아는데, 최근에 좋아하는 사람이 생겼는지 물어봐야겠다. 그럴 일은 없겠지만, 이런 생각은 묻기 그렇지만, 혹 아버지를 다시 만나고 싶은지도 궁금하다.

오늘은 엄마와 무슨 이야기를 나눌까? 이번 생신 때 갈 여행지를 정할까? 재작년에 어쩔 수 없이 제주도로 가자고 했을 때, "또 제주도 간다꼬?" 했던 게 머릿속을 맴돈다. 이번엔 이 말을 꼭 해야겠다.

엄마, 우리 안 가본 곳으로 꼭 가보자. 엄마랑 나랑 단둘이 여행한 적은 한 번도 없네? 올해는 우리 둘이서 여행 가보자, 꼭!

두 청취자

라디오 방송은 기습적이다. 배구에서 세터(레프트, 라이트, 센터 포지션의 공격수에게 공을 토스하는 역할을 하는 선수)가 공격수에게 공을 띄우지 않고 잽싸게 2단 공격을 하듯 그야말로 예측 불가다. 어디서 어떤 말이 터질지 모른다. 그래서 긴장하고 실수도 하는데, 한편으론 갑자기 터지는 청취자들의 말에서 많은 것을 배우기도 한다.

경북 경산에 사는 50대 중반의 여성분이 기억에 남는다. 때는 한여름이었고, 그는 더워도 너무 덥다는 사연을 보내왔다. 전화 연결이 되자마자 내가 "너무 덥죠?"라고 물었더니 "대구보다 갱산이 더 드보요, 체감적으로, 예에"라는 대답이 돌아왔다. "그럼 그 더위는 어떻게 이겨내요?"라고 다시 물으니, 대

뜸 "더위를 (반 박자 쉬고) 이—길 쑤는 없쓰요"라고 말하는데,
나뿐만 아니라 스태프도 빵 터졌다.

　그 후로 라디오 방송에서 매년 여름 "더위를 이길 쑤는 없쓰
요"를 제창한다. 겨울에도 가끔 "겨울도 이길 쑤는 없쓰요"라
고 말하는데, '철가루(철가루가 자석에 딱 달라붙듯이, 철파엠에 붙
어 있는 청취자들을 부르는 애칭)'들이라면 모두 아는 철파엠 식
날씨 인사다. 그에게 한 수 배웠다. 계절을 이길 수 없다고 인
정해버리면 더위도 추위도 조금은 웃어넘길 수 있다는 것을.

　베르나르 베르베르가 쓴 《개미》를 좋아하던 아이도 기억
에 남는다. 내가 "초등학교 6학년인데 버즈, 민경훈을 어떻게
알아?"라고 묻자 "아빠랑 노래방을 종종 가는데, 아빠 애창곡
이라 자연스레 알게 되었어요. 요즘은 코로나라 자주 못 가지
만"이라고 말했던 아이였다. 그 아이는 아빠와의 추억, 책에
대한 것 들을 이야기했는데, 엄마 이야기는 하지 않았다. 퀴즈
를 다 풀고 나서, 마지막 한마디로 '엄마에게 하고 싶은 말이
있다면?' 하고 물으려다가, 왠지 그러면 안 될 것 같아서 "아
빠에게 한마디 할까?"라고 했다.

　그랬더니 그 아이가 망설이지 않고 바로 했던 말.

"아빠, 예뻐해줘서 고마워."

얼마나 사랑스러운가. 초등학교 6학년이면 '아빠 게임도 하게 해줘' '뭐 사줘'를 연발해도 충분히 귀여울 텐데… 아이와 전화를 끊고 광고가 나가는 시간에 문득 이런 생각이 들었다. '예뻐해줘서 고맙다는 말을 하는 이 아이가 앞으로 얼마나 사랑스럽게 커갈까? 얼마나 많은 사람을 기분 좋게 만들까?' 그러다 갑자기 눈시울이 붉어졌다.

아이와의 통화를 듣던 청취자들도 뭉클한 문자를 보내왔다. 아마 나와 같은 추측과 생각을 해서 그랬던 것 같다. 전화를 끊고 "저 아이가 잘 커서 기분이 좋네요"라고 말할 때 내 목소리가 떨렸는데, 그 떨림을 느꼈던 것 같다. 그 작은 아이에게 정말이지 큰 가르침을 받았다.

2장.　　　　　농담

우리에겐 웃고 사는
재미가 있다

귀여운 부풀림

'침소봉대針小棒大'란 '바늘처럼 작은 일을 몽둥이처럼 부풀려 허풍을 떠는 것'을 뜻한다. 나는 남 이야기보다 내 이야기를 많이 하는 편이라 말실수가 없지만, 딱 나를 두고 하는 말 같다. 어떤 일을 농담인 듯 진담인 듯, 오해 없이, 기분 나쁘지 않게, 잘 부풀려 말하는 건 코미디언이 지녀야 할 덕목 중 하나다.

영자 누나는 말을 맛깔나게 부풀려 하는 재주가 있다. 한때 코미디언 사이에서 우리 엄마의 미역을 받았는지 받지 못했는지가 화제였다. 미역은 나와의 우정이 얼마나 깊은지 확인하는 척도였다.

영자 누나와 함께 〈해피투게더 3〉에 출연할 때의 이야기다. 재석이 형이 "이영자 씨도 김영철 씨의 미역을 받았죠?" 하고 물었다. 누나는 나에게 미역을 받고 며칠 동안 혼란스러웠다고 했다. 그러곤 나에게 물었다.

"영철아— 미역을 선물한다는 것은 아기 엄마가 돼달라는 뜻 아니니?"

이 말에 스튜디오가 초토화가 되었다. 누나는 이어 말했다.

"아니, 영철아— 누나가 많이 혼란스러웠어. 며칠 잠을 못 자고 영철이가 프러포즈를 미역으로 하는 건가? 그랬어, 아냐—"

실제 이야기에 살을 보태다 보면, 부풀려 말한 게 들통날 때도 있다. 그럴 때는 '웃기려고 그랬어'라고 즉시 사죄하면 된다. 단, 없는 이야기를 억지로 지어내면 안 된다. 그건 반칙이다. 허언을 계속하다 보면 허언증에 빠질 위험도 있고.

물론 너무 부풀리면 상대가 어색해하거나 불편해할 수 있으니, 적당한 선을 지키는 건 필요하다. '적당한 선을 지킨 농담'을 나는 '매너와 위트를 갖춘 침소봉대'라 부른다. 생각해 보자. 살짝 부풀려 생각하고 말할 때 인생이 즐거워지지 않나? 조금 부풀려진 귀여운 농담 속에 일상을 회복하는 힘이 있다고 믿는다.

힘을 뺄 때
보이는 것들

코미디언은 남에게 웃음을 주고 재미를 주는 사람이다. 그래서인지 적잖이 스트레스를 받는다. '노잼이다' '재미없다' '못 웃긴다'라는 말을 들으면 밤새 침울해하다가 자존감이 바닥까지 곤두박질친다.

몇 년 전에 〈아는 형님〉 PD님이 내게 물었다.

"영철아, 스트레스 받아?"

내 표정을 읽고 한 말이었다. 그렇다고 사실대로 털어놓는 내게 PD님은 밥을 사주며 뜻밖의 말을 건넸다.

"네가 왜 스트레스를 받아. 스트레스를 받으려면 수근이가 받아야지."

"무슨 얘기예요?"

"수근이는 지난주에 열 번을 웃겼으니까 이번 주에 열한 번을 웃기려면 얼마나 스트레스를 받겠니."

"그럼 저는요?"

"너는 지난주에 안 웃겼으니 이번 주에도 안 웃겨도 되잖아."

이 말이 신선해서 내가 되물었다.

"그럼 제가 이번 주에 웃기면요?"

"그럼 웃긴 거고."

"못 웃기면요?"

"못 웃긴 거고. 못 웃기겠으면 엎드려 자. 엎드려 자면 호동이가 깨우겠지."

내가 못 웃긴다는 생각에 스트레스를 받는다는 이야기를 듣고, 호동이 형은 걱정된 표정으로 "너를 자를 순 없어. 그럼 너를 놀린 게 진짜가 되는 거잖아. 너를 자를 마음도 없지만, 네가 관두면 내가 관둘게"라고 말했다.

메인 작가 누나는 별일이 아니라는 듯 "영철아, 스트레스 받지 마. 그냥 녹화할 때마다 인질이라고 생각하고 앉아 있어"라고 했다. 위로였다.

그래서 요즘은 인질이라고 생각하고 앉아 있다.

수근이는 천재다. 경훈이는 4차원이다. 희철이는 돌아이다. 장훈이와 호동이 형은 각 분야에서 정점을 찍었다. 그래서 상민이 형과 내가 6등과 7등을 두고 경쟁한다. 최고의 코미디언이 되어 수근이를 이기는 게 꿈이었다. 그런데 지금은 꼴등이라는 마음으로 촬영을 한다. 더 이상 그들을 이기려고 애쓰지 않는다. 그리고 새 멤버인 진호가 들어왔다. 이제 난 7등이 아니다. 8등이라는 생각으로 일할 테다. 이왕이면 꼴등 타이틀을 얻는 게 낫다!

'최우수 사원이 되어야지' '1등 엄마가 되어야지' '그 애보다 잘 살아야지'라고 남들과 비교를 하면 할수록 부담만 커지는 법이다. 어떻게든 이기고자 하는 태도는 스스로를 짓누를 뿐이니까.

이제는 모든 걸 잘할 수 없다는 걸 안다. '실적 높은 사원은 아니지만, 지각은 하지 않아' '1등 엄마는 아니지만, 나처럼 리액션 잘해주는 엄마가 어디 있어?' '그 사람은 그 사람대로, 나는 나대로 잘 살면 됐지'라는 생각이 필요하다.

〈무한도전〉에서 내가 만든 유행어 '힘을 내요, 슈퍼 파월!'을 이제는 이렇게 바꿔서 말해주고 싶다.

'힘을 빼요, 슈퍼 파월!'

겸손은 없어요?

나는 비난과 지적보다 칭찬 받은 기억을 오래 간직한다. 칭찬을 받을 때면 늘 짜릿하다. 내가 칭찬을 즐기는 이유다. 칭찬해준 사람이 "내가 그런 말을 했어? 너에게 그런 칭찬을 했어?"라고 하면 증인을 모아서 사실 확인까지 받아내는 편이다.

새 책을 쓰면서 편집자가 제시한 새로운 방식을 따랐다. 매주 두 편씩 숙제하듯 쓴 글을 일요일에 보내면, 다음 날 편집자가 피드백을 해준다. 그 피드백에는 작가에게 기운을 불어넣어주는 칭찬이 담겨 있다. "원고 읽다가 울었어요" "할 말이 많은 작가님이세요" 등의 말이 그렇다. 어쩜 그 피드백 때문에 더 신나서 글을 쓰는지도 모르겠다.

매주 두 편씩 글을 쓴다는 건 쉽지 않은 일이다. 나는 보통 주말에 몰아서 쓴다. 또 노트북을 항상 들고 다니며 틈날 때마다 자판을 두드린다. 친구들과 차를 마시다가 잠깐 한 시간가량 시간이 비면, "나, 노트북으로 작업 좀 해도 돼?"라고 허락을 받는다.

얼마 전, 제주도에서 이런 일이 있었다. 친구들과 밥을 먹고 나서 아주 한적하고 고즈넉하기까지 한, 한라산도 살짝 보이는 커피숍에 갔다. 글이 저절로 써질 것 같은 기분에 야외에 앉아 조용히 글을 썼다. 친구들은 차를 마시며 각자의 오후를 즐겼다. 나는 한 시간 정도 모니터 앞에서 집중했다. 한 시간이 지나고 밀린 숙제를 마무리한 기분으로 "기다려줘서 고마워, 다 했어!"라고 '빨래 끝'을 외치듯 환호성을 질렀다.

모 잡지사 에디터였던 친구가 "오, 오빠 글 쓴 거 저 봐도 돼요?"라고 물어서 망설임 1도 없이 "한번 보고 말해줘. 어떤지!" 하고 노트북을 건넸다. 잡지사 부편집장까지 한 친구가 어떤 말을 할지 궁금했다. 10여 분이 흘렀을까, 나는 은근 긴장이 되었다. 그가 두 편을 보더니 "오빠, 진짜 글 잘 쓰네요!"라고 했고, 나는 "그지?"라고 맞장구를 쳤다. 같이 있던 친구들이 내 말에 빵 터졌다.

그의 평가가 궁금해서 "구체적으로 말 좀 해봐" 했더니, 우선 생동감이 있고, 전달하고자 하는 내용이 정확하고, 문장 표현도 좋다고 하지 않는가. 나는 신이 나서 "1월 초 모 신문사에서 칼럼 청탁이 들어왔어. 미드로 영어 공부를 하는 칼럼이었는데, 담당자가 1주 특집을 하려다가 3주 연재를 하기로 데스크 팀장님과 이야기했다고 하면서 '글 한번 제대로 써보세요!'라고 하는 거야. 그래서 내가 '안 그래도 이번에 김영사와 계약했어요!'라고 말했지" 하고 덧붙였다.

그러자 남자 후배 동생이 한마디했다.

"형은 겸손이 없어요?"

그 말에 또 한 번 빵 터졌다. "겸손은 없지. 뭐, 그게 뭐야?" 하고 받아쳤더니, 옆에서 듣고 있던 누나가 "그냥 감사합니다, 너 영어 잘하니까 그냥 '땡큐'라고 해"라며 나를 막아섰다. 다시 모두 웃었다.

'글 잘 쓰네요'라고 하면, '아니야, 그냥 쓰는 거야!'라거나 '아니에요, 별말씀을요!'라고 대답하는 게 나는 싫다. 그냥 쓸 거면 왜 글을 쓰지? 잘 썼다고 칭찬해주면 '그지? 너도 그렇게 생각하지?'라고 말하는 게 어때서!

우리는 지나치게 겸손하다. '예뻐요'라고 칭찬하면 '감사합니다'라고 답하는 게 정답이라고 생각한다. 내가 영어 회화에 자신감을 갖게 된 이유는 '지나치지 않은 겸손' 덕분이다. 외국 사람이 '너 영어 잘하는구나!' 하면, 우리나라 사람들은 일반적으로 '아니에요, 그렇지 않아요' 혹은 '고마워요'라고 하지만, 난 한 단계 나아가 '알고 있어요!'라고 말한다. 내 말에 당황해하거나 놀라서 웃는 외국 사람들을 많이 봐왔다.

나는 겸손에 대해서 다르게 말하고 싶었다. 물론 내가 모자라고 부족하고 완벽하지 않다는 걸 알기에 저런 대답이 가능했다. 내가 대문호거나 미국에서 오랫동안 살았던 사람이라면 저런 대답이 오만하게 보였을 터이다.

조영남 선생님의 〈겸손은 힘들어〉라는 노래가 있다. 어떤 이는 겸손이 몸에 배어 있고, 또 다른 이는 겸손하지만 자기 자랑을 하고 싶을 것이다. 누군가가 '음식 잘하네?'라고 칭찬해주면 '그지? 맛있지?'라고 해보면 어떨까. '운동신경이 뛰어나네?'라고 칭찬해주면 '그럼, 타고났지. 올림픽은 나가지 못하는 실력이지만!'이라고 말해보면 어떨까. 우아하고 당당하게 칭찬을 받아들이는 센스!

칭찬에 반응해주는 건 칭찬해주는 사람에 대한 예의다. 그래도 적당한 겸손은 필요하다. 그래서 말인데, 새 책이 나오고 출판기념회 같은 걸 할 때, 혹 독자가 '글이 너무 좋아요!'라고 해준다면 그땐 정말 '아니에요, 많이 부족해요!'라고 말하련다. 아니다, 그때 가봐야 알 것 같다. 그날이 기대된다.

도마를
선물로 주시다니요

김용택 시인의 시 〈달이 떴다고 전화를 주시다니요〉를 좋아한다. 제목도 좋고 시도 좋다. 해보다 달을 좋아할 뿐만 아니라 예쁜 감성과 문학적 소양이 좋고, 멋있다는 말보다 시에 나오는 '근사하다'란 말이 세련되어 보여서 좋다. '오늘 축하할 일도 있는데, 근사한 곳에 가서 아주 맛있는 음식을 먹자꾸나' '너 오늘 그 넥타이 참 근사하구나'라는 말처럼 근사하다는 말은 사람을 흐뭇하게 한다.

살다 보면 뜻하지 않은 선물에 감동도 받지만 '진짜 내가 살다 살다 이런 걸 다 받다니'라고 믿기지 않아 놀랄 때도 있다. '제가 이 상을 받아도 되는지 모르겠어요' '이 상을 받을 거라고 진짜 예상을 하지 못했어요' '이건 진짜 제 상이 아닌

거 같아요!' 등의 연예인의 수상 소감은 뻔한 클리셰 같지만, 막상 시상식에서 이름이 불리면 화들짝 놀랄 때가 있다.

최근에 친한 동생에게 아주 근사한 도마를 선물 받았다. 요리 좀 한답시고 인스타그램과 SNS에 음식 사진을 올리고, 요리 강습을 두 번 정도 받았는데, 요리 학원 선생님과 친한 동생이 설날 선물로 글쎄 도마를 주는 것이 아닌가!

살면서 선물로 도마를 받을 거라고는 단 한 번도 생각해본 적이 없었다. 도마를 선물로 주는 것도 상상해보지 않았다. 보통 운동화, 옷, 향수, 화장품, 책, 커피 쿠폰 등이나 꽃, 음식, 의류, 가전제품 등을 선물하는 경우가 많다. 나는 생활하는 데 필요한 건 거의 다 가지고 있다. 정확히 말하자면 필요한 걸 그때그때 사는 편이다.

예전에 나보다 몇 살 연상인 아주 멋진 싱글 여성이 라디오 방송에 나왔다. 그때 청취자 한 분이 "언니는 연기, 미모, 패션 감각, 가창력까지 진짜 없는 게 없어요. 완벽 그 자체"라고 했더니, 그분 왈. "남편은 없단다." 이 말을 빌려 말하자면, "나는 아내도 없고, 여친도 없단다. 며칠 전, 단추가 떨어졌는데 여기저기 뒤져봐도 실과 바늘이 없기에 편의점에 가서 반짇고리를 사 왔지. 그리고 작은 가위는 있지만 택배 테이프를 자를 때 필요한 큰 칼은 없단다. 감자 깎는 칼도 없어서 필러peeler 를 샀지 뭐야. 고춧가루는 있지만 이태리 고추(맵다고 하는 빨갛게 생긴 고추) '페퍼론치노'는 없어서 살 예정이야. 요리하는 데 필요한 것들은 그때그때 사는 걸로!"

어쨌든 살면서 도마를 처음으로 선물 받았다. 집에 있는 도마는 김치를 썰면 국물이 좀 배고 그러면 따뜻한 물로 불려 씻어야 하는 그런 보통의 도마다. 라디오 방송을 하면서 배운 정보 하나. 도마 위에 김치를 놓고 썰 때 우유갑을 깔면 김칫국물이 도마에 배지 않는다. 어쨌든 난 요린이(요리 어린이, 초보)라서 도마가 뭐 그렇게 중요할까? 했는데, 막상 좋은 도마를 써보니 요리 욕구가 샘솟는다. 튼튼하고 두껍고 단단해서 힘이 좋으니, 식재료가 쏠리지도 않고 묵직하게 잘 썰리는 거 같다. 자꾸만 도마 위에 무얼 올려놓고 썰고 자르고 깎고 싶다.

60여 년 넘게 음식을 만들면서 도마를 사용해온 엄마도 내가 선물 받은 도마를 써보곤 감탄했다.

"아따라마(경상도 사투리, '아이고' 같은 감탄사) 도마 하나 쥑이네. 쓱쓱 쏠리네. 이거 물로 막 닦고 하면 안 될걸?"

"맞다, 엄마. 어째 알았노? 기름으로 살살 닦고 물기를 제거

하는 식으로 하는데, 엄마 주까?"

"아이다 마. 울산에 가져갈 정도는 아니고, 나도 밑에(울산 집에) 내 평생 쓰던 거 있다. 그냥 이거는 너 써라, 선물 받은 긴데."

엄마도 좋다고 인정해주니 그 선물이 더 값어치 있고 좋아 보였다.

나는 이루어지지 않을 것 같은 판타지를 마음에 품기도 하고, 뜬구름 잡는 꿈을 꾸기도 하고, 갖고 싶은 걸 상상해본 적도 있다. 산타클로스가 선물을 준다면 뭘 달라고 해야 하지? 생각해보기도 했다. 그런데 내가 받고 싶은 선물 목록에 도마는 없었다.

난 요즘 도마 덕분에 사는 게 재미있다.

요리를 좀 한다고 도마를 주시다니요, 선물로! 이 밤, 아니 요즘 너무 신나고 근사해요.

굿 뉴스,
배드 뉴스

그날은 나를 위한 파티였지만, J가 이혼 천 일을 개인적으로 축하하고 싶어 하는 것 같아서 부산을 떨지 않았다. 그리고 그날로부터 일주일 뒤, 라디오 방송 청취율 축하 파티를 한 그 가게에서 J와 다시 만났다. "축하할 일이 있어"라고 내가 말하자, J는 "뭔데 이번엔?" 하고 물었다.

"축하해, 이혼 천 일. 지난주에는 라디오 방송 청취율 높게 나와 축하 파티를 했잖아. 곁다리로 끼어서, 원 플러스 원으로 축하 파티를 해주고 싶지는 않았어. 따로 제대로 축하해주고 싶었어"라고 말하니, J가 눈물을 글썽였다.

헤어짐을 함께 기뻐하는 시간. 사랑에 대해 생각했다. 헤어짐도 사랑의 과정 아닌가. 이별을 덮어두거나 꽁꽁 감싸둘 필요가 있나? 활기차게 웃으면서 헤어졌다고 말하는 사람도, 이별 기념 파티를 하는 사람도 있다. 상처는 드러낼 때 빨리 아물고 감출수록 곪을 확률이 높다. 나 같은 사람은 결혼하지 않았으니 이혼도 할 수 없고, 지금은 애인이 없으니 흔한 이별도 할 수 없다.

그 이후 내가 J에게 이혼 축하 파티를 해준 게 소문이 나서, 사람들이 나를 '이혼 축하 전문가'라고 불렀다. 생일, 입학, 졸업, 취직, 승진 등 기쁜 일을 축하해주는 사람은 많지만, 이별을 축하해주는 사람은 많지 않다. 그래서 '이별 축하 전문가'라 불리는 것도 나쁘지 않은 것 같다.

얼마 전, L이 물었다. "형님, 굿 뉴스와 배드 뉴스가 있습니다. 뭐부터 들으시겠습니까?" 내가 말했다. "배드 뉴스?" 나쁜 소식을 먼저 듣고 좋은 소식을 나중에 듣는 게 좋을 것 같았다. L은 김빠진 목소리로 "여자 친구와 헤어졌어요"라고 했다. 내가 "굿 뉴스는 뭐니?"라고 물으니, L이 생긋 웃으며 "여자 친구와 헤어졌어요!"라고 하는 게 아닌가. 목소리가 쩌렁쩌렁해서 해방된 기쁨이 얼마나 큰지 느낄 수 있었다. 때마침 샴페인을 마시고 있어서 잔을 들어 축하해줬다. 내가 L에게 해줄 수 있는 말은 "더 상냥하고 친절한 사람 만나"였다.

투 머치 하지 않을 때
얻는 것들

요리에 푹 빠졌다. "시집갈 준비하니?" "이제 장가가도 되겠다" "오빠 음식 먹어보고 싶어요" "맛있어 보여요!" 등의 이야기를 종종 듣는다. 살면서 요리로 칭찬받을 거라고는 생각도 하지 못했다. 아주 가끔 요리를 잘하는 내 모습을 상상해본 적은 있으나, 주방에서 본격적으로 요리를 할 거라고는 생각도 못 했다.

마트에서 장을 보거나(두 바퀴 돌고 나면 시간이 꽤 걸림), 앱을 다운 받아서 새벽 배송을 신청하거나(품질과 배송 속도를 비교함), 그릇과 냄비를 사러 가거나, 크리스마스 할인을 하는 테이블 매트에 눈길을 두거나, 요리할 때 꼭 필요한 치킨 스톡(향신료 조제품으로 마법을 부림)과 김밥 싸는 김발과 감자 깎는 필러에 관심을 두는 일은 생각조차 하지 않고 살았다. 그래서 맹세는 함부로 하는 게 아니라고 하지 않던가!

코로나19로 삶이 바뀌었다. 오후 9시 영업 제한, 5인 이상 집합 금지, 사회적 거리 두기 2.5단계로 많은 것이 달라졌다. 오래 만날 수도 없고, 집에 일찍 들어가다 보니 약속이 줄어들었고, 집에 있는 날이 많아져서 자연스레 요리를 하게 되었다. 그 흔한 달걀프라이나 라면 끓여 먹는 거 말고, 진짜 한끼용 식사를 위한 요리 말이다. 조금 더 보태자면 몇 년 전부터 요리 분야에서 일하는 분들과 친해져서 유튜브, 네이버같이 AI 서타일 스앵님 말고 실제 요리하는 누나, 동생, 후배 들에게 자문도 구하고 톡으로 전화로 나름 비싼 레슨을 좀 받았다고 해도 과언이 아니다. 거기에 자가 격리까지 하게 되었다. 배달 음식을 한 번도 시키지 않고, 밀 키트meal kit에 의존하지 않았다.

나는 '투 머치 하다'라는 말을 자주 듣는다. 무언가를 하면 꾸준히, 성실히 하고 다음 단계로 나아가기를 좋아한다. 도중에 그만두는 법이 없다. 집에서 요리하다가 제대로 배워야겠다는 생각에 2 대 1 요리 강습을 받는다. 초보자 코스처럼 칼질하는 법부터 배우는 건 아니다. 한 시간에서 한 시간 30분정도 네다섯 가지 음식을 만들어본다. 요리 선생님이 식재료와 레시피 페이퍼를 나눠 주고 나서 수업이 시작된다. 어떤 분은 꼼꼼히 메모하지만 나는 일단 눈으로 보고 익히는 타입이다. 수업이 끝나면 만든 음식을 선생님과 같이 먹으면서 음식 이야기를 나누고 다음에 할 요리를 정한다. 이때 '의식주'에서 '식'만 이야기하는데, 은근히 지식 쌓기에 도움이 된다.

요리 강습을 받은 다음 날, 무가 들어간 닭고기 나베 만드는 법을 잊어버리기 전에 너무너무 복습하고 싶었다. 전날 미리 찬물이 담긴 냄비에 다시마를 담아두지 못했지만, 다시마를 삶고 육수를 넣고 간장, 소금, 술을 한 큰 술씩 넣고 닭 가슴살과 거기에 양념 반 숟갈까지, 레시피를 그대로 지켜서 했다. 나는 집에서 닭고기 나베를 또 만들어보았다는 사실을 선생님께 알리고 싶었다(사실 나는 선생님을 누나라고 부른다).

"누나, 해봤는데 그날 먹었던 거보다 더 맛있다고 하면 거짓말이겠지만, 그날 맛봤던 음식이랑 똑같았고, 맛있고, 정말 그 맛이 났어!"

그러자 요리 선생님 왈.

"얘. 그럼 그날 배웠던 그 맛이 그대로 나야 요리 학원에 또 오지. 그 맛이 안 나면 누가 다시 요리 학원에 오겠뉘이?"

맞다. 그 맛 안 나면 왜 요리 학원을 다니겠는가.

가끔 수강생 중에 "선생님 그 맛이 안 나요!"라고 말하는 사람도 있다고 한다. 그럴 때 선생님은 다시마를 뺐는지 안 뺐는지, 설탕을 넣었는지 안 넣었는지, 후추를 마지막에 뿌렸는지 안 뿌렸는지 묻는다고 한다. 몇 개씩 빠뜨려서 그 맛이 안 나는 거라고.

선생님은 내가 요리하는 걸 보고 잘할 줄 알았다고 했다. 시키는 대로만 하면 그 맛이 나는데, 나는 말을 잘 듣는다고. 가끔 전분이 없으면 부침가루로 대체한다고 하니 센스와 창작 점수도 주었다. 개그 실력은 안 느는 대신, 요리가 조금씩 늘고 있다.

훗날 실력이 월등해지면 나만의 창의적 음식 만들기에도 도전해보겠지만, 지금은 딱 시키는 대로, 레시피대로만 한다. 오버하지 않고 과하지 않게 했더니 결과가 좋다.

요란 떨지 않고 어깨에 힘을 빼고 했더니 평균은 가더라. 음식을 만들면서, 정말 살면서 처음 느껴보는 묘한 기분이 들었다. 환희였다. 오늘은 오버하고 싶다.

요리가 제에에엘 쉬워워워!

홀로 2주를
보낸다는 것

2주, 14일, 336시간 20160분. 누군가는 여행을 다녀오고, 산후조리를 하고, 고되게 운동하며 다이어트에 열정을 쏟는 시간. 나는 자가 격리를 했다.

그렇게 활발했던 내가 센티한 기분에 젖었다. 늘 새벽 라디오 방송에 지각하지 않으려고 일찍 일어났는데, 아주 오랜만에 늦잠을 잤다. 그리고 집 안에 있는 시간보다 바깥에 있는 시간이 많아서 잊었던 것들을 떠올렸다.

1일째, 내가 자가 격리를 한다는 소식을 접한 지인들의 문자와 전화가 쇄도했다.

"기사 봤어. 지금 괜찮아?"

"라디오 방송은 어떡해?"

"〈아는 형님〉 녹화는?"

"10일 지나면 집 밖으로 탈출하고 싶어질 거야."

"외국 간 건 아니지?"

걱정과 너스레 섞인 연락에 친절히 답했다.

"괜찮아."

"난 음성 판정을 받았어. 라디오 방송 게스트 중 한 명이 코로나19 확진 판정을 받아서 내가 밀접접촉자로 분류되었어. 그래서 2주간 라디오 방송은 못 해."

"〈아는 형님〉은 한 주 쉬기로 했어. 필요한 거 있으면 말할게."

"여름휴가를 못 갔으니 휴가라고 생각해야지(내심 코로나19로 애쓰시는 의료진에게 미안하다)."

"외국은 무슨! 이 시국에 어딜 나가! (이건 좀 깨는 문자 아닌가?)"

8일째, 갑자기 톰 행크스가 주연한 〈캐스트 어웨이〉가 떠올랐다. '그 유명한 영화를 왜 지금까지 안 봤지? 그래, 지금 보자! 아무도 살지 않는 섬에 떨어진 주인공의 이야기, 윌슨(피 묻은 배구공인데, 무인도에 표류해 극한의 외로움을 느끼는 주인공의 유일한 친구)이 나오는 그 이야기. 아마 지금 내 심경을 가장 잘 대변해줄 영화일 거야'라고 생각했다. 영화가 중반쯤 접어들었을까. "4 Years later"라는 자막을 보고 이번엔 이런 생각이 들었다. '난 일주일도 버티기 힘든데 주인공은 어떻게 4년을 혼자 지낸 거지? 난 사냥하지 않아도 되고 냉장고에 있는 음식을 꺼내 먹으면 되니까 잘 버텨봐야지!'

특급열차처럼, 특급 배송처럼 속히 2주가 지나가길 바랐다. 자가 격리 2주는 내가 선택한 것이 아닌 선택당했던 시간이었다. 강제 감금과 다름없었다. 바깥공기를 쐬지 못하니, 이렇게 답답할 수가 있나! 제대한 남자가 다시 군대에 들어가는 꿈을 꾸며 소리를 지르는 악몽 같은 시간이었다.

그렇게 14일이 흘렀다. 곱씹어보면 참 감사한 시간이기도 했다. 혼자 있는 시간, 스케줄대로 움직이지 않는 시간, 낮잠 자는 시간, 내가 갖지 못했던 시간이었으니까. 그런데 이런 자유로움 뒤에는 단점도 있었다. 쓰레기를 현관문 밖에 두지 못하고 방에 쌓아두어야 한다는 것. 굴이 먹고 싶었는데 노로바이러스라도 걸리면 민폐가 된다는 생각에 빵가루, 튀김가루를 총동원해서 굴전을 해 먹었다는 것.

나는 그 시간 동안 소중한 것들을 되새겨보기도 했다. 특히 엄마를 이해하는 시간이었다. 매일 세끼를 내 손으로 직접 해 먹는 일이 만만치 않았다. 초·중·고등학교 시절, 엄마는 어떻게 매일 세끼를 챙겨주었을까. 혼자 밥하고 설거지하고 나면 두세 시간이 훌쩍 흘렀는데, 정말이지 주부들의 마음이 이해되었다. 설거지가 힘이 들어 식기 건조대를 2단짜리로 바꾸었다고 말하니까 아는 분이 식기 세척기를 권해주었다.

멀리 떨어져 사는 엄마에게 매일 전화했고, 엄마와 더 가까워진 게 가장 좋았다. 혼자 집에 있으니 사람이 그리웠고, 그래서 사람을 더 생각했다. 2주 만에 만난 라디오 PD는 말했다.

"어느 포인트인지 모르겠지만 더 여유가 생긴 것 같아. 인터뷰는 자연스러워졌고, 말하는 속도도 느려졌고, 침착해진 것 같아."

이불 밖은 위험할 정도로 추운 연말, 홀로 집에 있어 쓸쓸하기도 했지만 혼자 있는 시간이 특별하고 귀하고 소중했다. 당연했던 일상은 더욱 귀해졌고 나는 성장했다.

상쾌한 생각을 하다가

미국에 다녀와서 또 2주 동안 자가 격리를 했다. 집에만 갇혀 있기 싫어서 정부가 인증한 자가 격리 숙소를 찾아보았다. 서울 안국동 도심 한복판에 마당이 있는 한옥이 있어서 전광석화 같은 속도로 예약했다. 디근자 한옥에서 2주간 머물면서 옛 생각이 많이 났다. 어릴 적, 애숙이 누나가 귀를 파주던 마루와 평상이 떠올랐다. 타임머신을 타고 나의 유년기, 울산에서 살던 시절로 돌아간 기분이었다.

여름 장마가 시작되는 시기라서 그런지 모기가 들끓었다. 한옥에는 TV가 없었지만, 라디오와 컴퓨터가 있어 그럭저럭 지낼 만했다. 그런데 주방에 에어컨이 없었다. 식사 준비를 할 때, 열기가 주방을 가득 메웠다. 선풍기를 이리저리 옮겨봐도 소용없었다. 파리 끈끈이를 밟았을 땐 "파리가 아니라 내가 죽겠다"라고 말하며 혼자 웃기도 했다.

2주를 어떻게 보내지? 고민하다가 인스타그램에 한옥에서 찍은 사진도 올려보고 라이브 방송도 했다. 그래도 기분이 축 늘어져서 어떻게 기분을 끌어올릴까 고민하고 있는데, 내 책을 함께 만드는 편집자에게 연락이 왔다. "작가님, 세상에서 가장 상쾌한 생각을 주제로 짧은 글을 써보시면 어떨까요? 글 쓰시며 리프레시하시면 좋을 것 같아요"라는 편집자의 문자에 나는 무릎을 쳤다.

세상에서 가장 상쾌한 생각을 생각하며 밀린 빨래부터 했다. '뽀송뽀송'이란 단어가 떠올랐다. 섬유유연제 향을 맡는데 기분이 좋아졌다. 라디오를 들을까 음악을 들을까 고민하다가 마이클 부블레의 〈It's A Beautiful Day〉를 들었다. 상쾌하고 상큼한 멜로디와 비트 그리고 목소리에 몸이 들썩거렸다. 생각해보니 인생은 매일 아름답지 않은가!

아름다웠던 지난날들이 죽 떠올랐다. 한강을 바라보며 조깅했던 날. 10킬로미터를 뛰고도 몸이 가벼웠던 날. 주말 늦게 일어나 달걀프라이를 하다가 급한 성격 탓에 너무 빨리 달걀을 뒤집어 "망했다"라고 말했던 날. 달걀프라이와 커피를 마셨던 날. 썸 타는 이에게 "주말, 토요일 좋아요"라는 문자를 받았던 날. 식당 예약 전화를 하는데 너무 기분이 들뜬 나머지 말이 급해지자 직원이 "무슨 좋은 일 있으신가 봐요"라고 웃으며 말했던 날. 공채 개그맨 시험에서 최종 합격했던 날. "너의 꿈이 인터내셔널 코미디언International Comedian이 되는 거라며? 우리가 도와주고 싶다"라는 미국인 프로듀서의 말을 듣고 눈물을 찔끔 흘렸던 날. 그리고 그리던 라디오 DJ가 된 날. 뉴욕 센트럴파크를 걷다가 배가 고파서 주변에 있는 가게에 들어가 시켰던 브런치 메뉴가 에그 베네딕트라는 걸 알게 되었던 날. 홍콩에서 오렌지가 아닌 배가 들어간 미모사 샴페인 같은 술을 마셨던 날. 한강에서 친구와 치맥을 먹었던 날.

아름다웠던 날을 떠올리다 보니 배가 고파져서 달걀을 삶았다. 냄비에 물을 붓고 달걀 두 개를 넣으니 기분이 좋아졌다. 가스 불을 3단으로 놓고 15분 동안 기다렸다. 삶은 달걀을 소금에 찍어 먹고 빨랫줄에 널어놓은 빨래를 걷었다. 그리고 나를 기쁘게 해주는 그, 내 전화를 기다리는 그, 바로 엄마에게 전화를 했다. 엄마가 전화를 받지 않아서 큰누나에게 전화했더니, 엄마가 애숙이 누나랑 보리밥집에 갔다고 알려주었다. 오랜만에 큰누나와 뽀송뽀송한 이야기를 한참 나누었다. 엄마에게 전화한 지 한 시간이 지난 뒤 엄마에게 다시 전화가 걸려왔다. 엄마는 "와 전화했노? 아이고 더워서 목욕했다"라고 거짓말을 했다. 그래서 내가 "보리밥 먹고 왔다며?"라고 말하자 엄마가 큰누나 욕을 했다. "큰 거 그거 자기 안 데리고 갔다고 니한테 얘기 다 했네." 한참 웃으며 이야기하다가 내일 또 전화하기로 했다.

상쾌한 생각을 하니 꿉꿉한 기분이 정말 상쾌해졌고 무거운 몸도 가벼워졌다. 제주도에 사는 동생이 한옥에 갇힌 내 사진을 보고 "아, 여름방학 같네요"라고 말했다. 생각해보니 이런 여름방학은 오랜만이다.

당신에겐
봄방학이 있나요?

봄방학 표창장

공식적으로 만 18세에 마지막 봄방학을 보냈던 김영철에게
30년 만에 봄방학을 허락한다. 단 1회! 코로나19로 지친 일
상 속에서 매 순간 본인의 일을 성실하게 잘 소화해준 김영철,
2박 3일 일정으로 조용히 제주도에 다녀오는 걸 허락한다. 당
분간 외국은 다녀올 수 없고 신혼여행 또한 마찬가지이니 혼
자 제주도에 다녀오길 바란다. 'K94 마스크' 여러 장을 지참하
고, SNS에 사진을 올리지 않으며, 검색보다 사색을 하며, 거리
두기 방역 수칙을 준수하는 조건으로 다녀오기를 바란다.

3월 첫째 주 어느 날, 봄기운을 느끼며 내가 나에게 봄방학

을 선물했다. 3월 19일에 출발해서 21일에 돌아오는 비행기 표를 끊었다. 겨우내 어디도 가지 못했던 터라 3월에 떠나는 여행에 의미를 부여하고 싶었다. 그래서 이번 여행을 '봄방학'이라 부르기로 했다. 초·중·고를 거쳐 대학 시절까지는 방학이 있었지만, 방송 일을 시작하면서 정기적인 방학은 없었다. 휴가가 아닌 방학이라고 생각하니, 사뭇 설렜다.

친한 누나가 제주도에서 '이꼬이&스테이'라는 에어비앤비를 운영한다. 내가 제주도에 가는 주에 예약자가 없어서, 누나가 운영하는 에어비앤비 한 층을 혼자 모두 쓰는 호사를 누리게 되었다. 그 누나와 누나 소개로 알게 된 제주 부부 그리고 나까지 넷이서 주말에 놀기로 했다. 홈 앤 어웨이 게임이라 한다면 나는 원정 경기, 그들은 홈그라운드 경기였다. 현지에 사는 친구가 있다는 건 여행자에겐 어드밴티지다.

첫째 날. 무리하지 않고 느긋하게 쉬었다. 점심과 저녁으로 제주도 똥돼지를 먹었다. 잠도 아홉 시간 넘게 푹 잤다. 잘 먹고, 잘 쉬고, 이동하는 차에서 기대기만 하면 자고, 화장실도 자주 가서 신생아라는 별명도 얻었다.

둘째 날. 오전 11시부터 오후 1시까지 성수미술관 제주특별

전 관람을 예약해두었다. 두 시간의 그림 그리기 체험이 나를 기다리고 있었다. 영화의 한 장면처럼 비가 오는 토요일, 미술관으로 가는 길, 너무 설렜다. 미술관에서 나는 에펠탑과 이층집을 그렸다. 고등학교 졸업 후 낙서장이나 16절지에 사다리타기 그림이나 사람 얼굴을 그리는 것이 전부였는데, 오랜만에 제대로 된 그림을 그린 것이었다. 몇 명의 친구에게 완성된 그림을 사진 찍어서 문자로 보냈더니, "어머, 얘, 색감 좀 봐" "색칠 공부했구나"라고 했다. 그림 그리기 체험을 서울에서 또 해보기로 하고, 허기진 배를 채우러 제주도 스타일 우럭 정식을 먹었다. 튀긴 우럭을 양파 소스와 간장에 버무려 중식 느낌이 났다.

  점심을 맛있게 먹고 우리는 사려니숲길로 향했다. 조금씩 비가 내려서 우비를 챙겼고, 두 시간 걷는 코스를 짰다. 우비를 쓰긴 했지만, 비를 맞으면서 숲길을 걸으니 기분이 묘했다. 제주 부부가 "각자 호흡대로 걷는 거 어때요?"라고 제안했다. 그때 사려니숲길 코스 중 '월든'이라는 이름의 숲길을 보았다. 헨리 데이비드 소로의 《월든》은 내가 가장 감명 깊게 읽은 책, 내 인생의 바이블이다. 이 책을 읽은 후에 내 삶이 바뀌었고, 이따금 지칠 때마다 이 책의 구절을 되뇐다. 월든 숲길을 간다는 생각에 가슴이 쿵쾅거리고 걸음이 빨라졌다.

어떤 사람이 자기의 또래들과 보조를 맞추지 않는다면, 그것
은 아마 그가 그들과는 다른 고수鼓手의 북소리를 듣고 있기 때
문일 것이다. 그 사람으로 하여금 자신이 듣는 음악에 맞추어
걸어가도록 내버려두라. 그 북소리의 박자가 어떻든, 또 그 소
리가 얼마나 먼 곳에서 들리든 말이다. 그가 꼭 사과나무나 떡
갈나무와 같은 속도로 성숙해야 한다는 법칙은 없다. 그가 남
과 보조를 맞추기 위해 자신의 봄을 여름으로 바꾸어야 한단
말인가?

《월든》에서 내가 가장 좋아하는 부분이다. 가슴에 새기고
있는 말이다. 타인의 속도를 부러워하지 않고, 나의 계절에 맞
추어 살고, 내 마음속 북소리를 들으면서 내 길을 걸어가겠다
고 생각했다. 나는 제주 부부의 말에 동의하며 각자의 속도대
로 걷자고 했고, 우리 네 명은 자신의 호흡에 따라 각자의 속
도로 걸었다. 제주 부부는 같은 보폭으로 걸었다.

휴대전화를 꺼둔 채 비가 내리는 숲길을 걷다가 마주한 월
든 길. 내 발걸음은 빨라졌다.《월든》처럼 큰 호수는 없었지만,

울창한 삼나무 숲은 인상적이었다. 소로가 하버드 대학교에서 학생을 가르치고 집으로 돌아가던 길이 이렇지 않았을까, 하고 잠깐 그 길에 서 있었다. 주위에는 아무도 없었다.

을씨년스럽기도 했지만, 헨리 데이비드 소로를 기다리는 제자처럼 아주 평화롭게 10여 분 동안 서성였다. 아주 잠깐, 그가 여기 있다고 생각하고 심호흡을 하며, 나의 지난 10년을 돌아보았다.

돌이켜보니 나는 조급했고 다급했지만, 나의 속도와 박자에 맞춰 살았다. 다른 사람들과의 관계가 엇박자로 흘러가지 않도록 노력했다. 월든 길에서 나는 지금처럼 호기롭게 잘 살아갈 것을 다짐했다.

《월든》에서 "옷이든 친구이든 새로운 것을 얻으려고 너무 애쓰지 마라. 헌 옷은 뒤집어서 다시 짓고 옛 친구들에게로 돌아가라"라는 구절이 있다. '일행들을 기다리게 해서는 안 되는데'라고 소로가 나에게 말을 하는 것 같았다.

두 시간을 걸은 뒤 집으로 돌아갈 채비를 하는데 제주 부부 중 남편이 "우리 핫도그 하나씩 먹을까?"라고 했다. 내가 "한 시간 뒤에 저녁 먹을 거니까, 거기서 맛있는 거 먹자"라고 해서 바로 식당으로 향했다. 그 남편이 음식을 맛있게 먹어서

"아이고, 동생 잘 먹는다"라고 하니, "아까 핫도그 한 개 먹었으면 이렇게까지 안 먹을 텐데"라고 말하는 게 아닌가. 옆에서 함께 식사하던 그의 아내가 "우리 남편이 중고등학교 때 육상선수여서 그런지, 간식도 밥도 많이 잘 먹어요"라고 했다. 나는 큰 실수를 저지르고 수습하지 못한 신입 사원처럼 눈치를 보다가, 그 순간을 모면하려고 "내일 핫도그 먹으러 사려니숲 길 가자!"라고 했다. 그는 "아니다, 괜찮다", 나는 "아니다, 가자"라는 말을 계속 주고받으며 둘째 날 일정을 마무리했다.

셋째 날. 별다른 일정은 없었다. 신생아처럼 아홉 시간을 자고, 아침을 거른 뒤 이른 점심을 먹고, 다른 미술관도 가고, 제주도 돌담길 여기저기를 둘러보았다. 종일 흐리고 밤부터 비가 온 첫째 날, 종일 비가 온 둘째 날, 맑은 듯했지만 바람이 세차게 분 셋째 날. 날씨가 좋지 않았지만 컨디션과 기분은 최고였다. 최고의 봄방학이었다.

이동하는 길에 어제 바로 그 핫도그 가게를 발견했다. 제주도에서 줄을 서서 먹을 정도로 유명한 곳이라고 했다. 나는 제주 부부의 남편에게 "가자, 제발 거기 가자. 거기 안 가면 돌아가는 내내 마음이 편치 않을 거 같단 말이야"라고 말했다. 모든 게 완벽한데 핫도그 하나 때문에 내 여행이 만점을 못 받을 거 같다는 말에 다들 웃으면서 결국 핫도그 가게에 들렀다. 핫도그를 받자마자 내가 제주 부부의 아내 옷에 케첩을 묻혔다. 난리가 났지만, 웃으면서 그렇게 오후 일정을 마무리했다.

제주도에서 보낸 봄방학. 그림을 그리고, 비를 맞으며 숲길을 걷고, 초등학생 시절처럼 까르르 웃으면서 시간을 보냈다. 나는 분명 10대 어느 시간으로 돌아간 듯했다. SNS를 하지 않았고, 시공을 초월하여 1850년대 월든에 있는 듯한 기분도 만끽했다. 이번 봄방학은 의외로 재미있었다. 앞으로도 매년 3월에 봄방학을 갖고, 가능하다면 여름방학, 가을방학, 겨울방학을 가져보련다.

여담이다. 제주도에 다녀온 지 일주일이 지나고 봄방학을 함께 보낸 동생에게서 문자가 왔다. "각자의 속도대로 걷자고 하더니, 각자의 기초대사량은 생각도 안 해주고 걷는 형!"이라고 했다. '그래, 각자의 속도와 체력대로 살아가는 거지'라고 생각했다. 이번 봄방학은 각기 다른 방식으로 기억될 듯하다. 재미있었다는 사실은 똑같겠지만!

왜 이렇게
싸돌아다닐까?

왠지 난 요즈음/ 먼 길을 정처 없이/ 떠돌다가 고향에 돌아오는 것 같네/ 무엇이 그리 못마땅해/ 늘 밖으로만 뛰쳐나가려 했을까/ 무슨 대단한 꿈을 이루겠다고/ 그렇게 멀리 떠나려고만 했을까/ 그런데 지금은/ 오랜 타향살이에 지쳐 돌아오는/ 나그네처럼/ 어느 해질녘 빈 배낭 하나 둘러메고/ 고향역에 내리고 있는 것 같네/ 마침내 고향집 거울 앞에 와/ 비로소 나를 만나고 있는 것 같네.

이 시는 채희문 선생님의 시 〈빈 배낭〉이다. 2018년 K옥션에서 진행한 미술 전시회에서 어떤 작품에 붓글씨로 쓰인 이 시를 처음 보았다. 연륜이 묻어나는 시였고, "밖으로만 뛰쳐나가려 했을까" "멀리 떠나려고만 했을까"라는 구절이 나를 사로잡았다.

2018년 추석에도 그랬다. 고향에 내려가는 대신 나는 프랑스 파리에 다녀왔다. 검사인 친한 후배가 1년간 파리에 연수를 갔는데, 귀국하기 전에 놀러 오라고 했기 때문이다. 호텔이 아닌 현지 숙소에서 지낼 수 있는 절호의 기회를 놓치고 싶지 않았다. 일주일도 채 안 되는 일정이었다. 젊은 배낭여행자처럼 미술관, 샹젤리제 거리, 에펠탑, 개선문, 몽마르트 등을 6일 만에 둘러보았다. 짧은 시간에 파리를 다 둘러보려다 무리한 탓인지, 시차 적응을 못 하고 감기에 걸린 탓인지, 면역력이 떨어진 탓인지 파리에 다녀와서 몸이 좀 아팠다.

그런데 나는 왜 이렇게 싸돌아다니는 걸까. 무얼 얻기 위해서일까. 마음이 허해서일까? 공원과 카페에서 찍은 사진을 자주 올리니 어떤 팬이 "영철 님, 집에서 촬영할 때랑 잠잘 때만 집에 있는 거예요?"라는 댓글을 올렸다. 정말 그럴싸해서 "아뇨, 일부 인정. 하하하"라고 대댓글을 달아주었다.

그때 문득 생각했다. '잠만 자고, 아니면 촬영지나 다름없는 이 집을 어떻게 활용하지?' 그 시점에 넷플릭스에서 다큐멘터리 영화 〈미니멀리즘〉을 보았고, 일단 집에서 쓰지 않거나 불

필요한 물건을 정리하고 버렸다. 또 리얼리티 프로그램 〈곤도 마리에: 설레지 않으면 버려라〉의 영향을 받아 카페 스타일이 아닌 평안한 집 스타일로 인테리어를 다시 했다.

잠을 자고 가는 이가 많지 않아서 게스트룸은 거의 사용하지 않기 때문에 그 안에 있는 물품들도 활용도 제로였다. 빨래, 요가 매트, 아령, 줄넘기 등이 나뒹구는 게스트룸을 서재로 꾸몄다. 무대 의상은 버리기 아까워서 그대로 두었지만 말이다.

내 나름대로 집을 다이어트시키고 정리 전문가의 도움을 받으니, 어수선했던 집이 깔끔하게 재탄생했다. 정돈된 집이 좋아서, 책도 보고 차도 마시고 낮잠도 자면서 외출을 하지 않은 날도 있었다. '그래, 집이라는 게 이래야지. 종일 집에 머무는 날도 있어야지.' 처음으로 집돌이와 집순이를 이해했다.

나는 왜 그렇게 싸돌아다니는 것일까. 집에 있으면 무료하고 게을러지기 때문일까. 집에만 있으면 다른 사람들이 내가 매사를 귀찮게 생각한다고 여길까 봐 염려돼서일까. 집 밖으로 나가야 뭔가를 배우고 얻을 수 있다고 생각하기 때문일까.

여하튼 〈빈 배낭〉은 나 자신에게 더 집중하라고 말하는 듯하다. 하지만 안 가본 곳도 가보고 가끔 뛰쳐나가야 한다. 우물 안에 갇히지 말고, 우물 밖으로 나가서 듣고 말하고 배워야 한다. 나이가 들어서 무료하게만 산다는 건 좀 그래 보이니까.

나는 지금 이 글을 군이 도서관에 와서 쓰고 있다. 《주홍 글자》를 쓴 너새니얼 호손은 낮에는 밖에서 시간을 보낸다고 한다. 봄이다. 나가자. 아니, 뛰쳐나가자, 너무 멀지 않은 곳으로 나갔다 오자. 많이 돌아다니며 대단한 꿈을 꾸며 이뤄보자.

글쓰기의 재미

택시 기사님: 어디 가십니까?

여성분: 부산구치소예.

택시 기사님: 아이고, 거길 왜 갑니까?

여성분: 아들 면회 간다 아입니꺼?

택시 기사님: 아, 아들이요? 아들이 언제 들어갔습니까?

여성분: 6개월 정도 됐으예.

택시 기사님: 그럼 언제 나옵니까?

여성분: 2년 2개월이니까, 아직 1년 반 남아써예.

택시 기사님: 그 안에 있음 밥도 제때 못 묵고 할 긴데.

여성분: 어데에? 세끼 다 나오고 잘 묵고 있심더.

택시 기사님: (택시비를 받지 않고) 그거 영치금에 보태세요!

여성분: 영치금(교도소와 구치소에서 쓰는 돈을 일컫는 그 단어를

처음 들었다)이 뭡니꺼?

택시 기사님: 그 안에 있는 아들 사식 사주고…

여성분: (재빨리 상황을 이해하곤) 우리 아들 죄 짓고 감방에 간 게 아닙니다. 거기 지키는 군인, 재소자 관리하는 경비교도대 원입니다.

〈슬기로운 감빵생활〉 1회의 문을 여는 에피소드다. 아니, 나의 실제 에피소드다. 내가 부산구치소에서 군 생활을 할 때 엄마가 면회 오면서 벌어진 상황이다. 여러 토크쇼에서 이 이야기를 했고, 〈슬기로운 감빵생활〉 연출가인 신원호 PD가 직접 내게 전화를 걸어 에피소드를 써도 되는지 물었고, 오케이 사인을 해주어 드라마에 소개되었다.

1995년 5월 입대를 해서, 1997년 7월 제대를 했으니, 25년 전 옛날이야기다. 나는 구치소에서 재소자를 관리하거나, 잠긴 문 앞에 앉아 두 시간씩 교대 근무를 했다. 이때 책과 신문을 보는 건 허용이 되어 독서를 했고, 생활관에 들어와서 영어 공부를 열심히 했다.

매년 한 번씩 구치소에서 교정 업무에 대한 좋은 아이디어나 전반적인 시스템 개선에 대해 글을 쓰는 시간이 있었다. 백일장과 같았다. 1등에서 3등까지 부상으로 4박 5일의 포상 휴가를 받으니, 사활을 걸고 참여하는 대원들이 있었다. 내가 근무했을 때 구치소에 170명가량의 대원이 있었는데, 나는 3등 안에만 들어가면 좋겠다고 생각하며 정성스레 글을 썼다.

아직도 생생하게 기억난다. 시상식 날, 조회 장소에서 먼저 3등을 발표했다. "3등, 124기 유**!"라는 호명과 함께 박수가 쏟아졌다. "2등, 132기 김영철!" 다들 예상치 못한 사람이 2등을 해서인지 웃음을 터트렸다. "1등, 134기 권**!" 어찌 되었든 나는 목표 달성을 했다.

그런데 나 또한 조금은 의아했다. 134기 후배는 국어국문학과였고, 124기 선배는 문예창작학과였다. 그 사이에 낀 나는 호텔경영학과였고 코미디언 지망생이었다. 124기 선배는 134기 후배에게 진 건 그렇다 쳐도, 나에게 졌다는 사실에 당황했는지 내 글을 좀 보자고 난리였다. 어쩔 수 없이 보여줬더니 샐쭉하며 인정을 해주었다.

당시 나는 박완서, 김형경, 은희경, 공지영, 성석제, 이기호, 윤대녕 작가 등의 책을 자주 읽었다. 문학 계간지도 사 보았다. 틈날 때 중대 본부에 있는 신문도 읽었다. 《한겨레》 신문의 연재물인 김형경 소설가의 〈피리새는 피리가 없다〉도 읽었다. 뭐든 참 부지런히 읽었다. 나의 수상은 인풋이 많아서 아웃풋이 잘된 덕분이다. (그땐 그랬다.)

그 이듬해 1등에 도전해보려고 여러 가지를 읽고 써보고 준비를 했다. 그런데 나도, 134기 후배도, 124기 선배도 수상을 못 했다. 이유인즉 전년도 수상자 세 명은 제외하고 심사를 했단다. 전년도 수상자는 포상 휴가를 갔으니, 다른 대원에게 기회를 준 것이다. 전년도 수상자를 제외하지 않았다면 나는 1등을 할 수 있었을까? 나는 스스로에게 1등을 주었다. 글쓰기로 차석을 했던 기억은 무언가를 쓸 때 지금도 힘이 된다.

내가 말하기를 좋아한다는 건 대부분 알고 있지만, 글쓰기를 좋아한다는 사실은 아마 잘 몰랐을 거다. 영어 공부법도 썼고, 젊은이들에게 희망의 메시지를 전해주는 《일단, 시작해》라는 책도 썼다. 어떤 사람들은 내 글에서 내 음성이 들린다고 말한다.

한 문장을 한 호흡에 모두 말하려다 보니, 말이 빨라지고 이런저런 이야기가 섞여서 중언부언할 때도 있다. 치아가 부딪히고 혓바닥을 깨문 적도 많다. 그리고 나는 '성조다'이다. '성조다'란 내가 만든 단어로, '성급, 조급, 다급'한 성격을 가진 나를 일컫는다. 이렇게 급한 성격을 가졌지만, 말실수는 의외로 적은 편이다.

코미디언 모 선배가 비밀 이야기를 하려다 "영철아, 너 걱정돼서 그러는데, 이거 어디 가서 말하면 안 되는데…"라고 하자, 옆에 함께 있던 선배가 "영철이 의외로 입 무거워"라고 했던 일이 있다. 나는 주로 내 이야기만 하기에, 남의 험담이나 비밀을 실수로 발설하지 않는다.

이런 내가 글을 쓸 때는 침착해진다. 생각을 정리하며 이렇게 저렇게 자세도 바꾸어본다. 나는 글을 계속 쓰고 싶다. 조금씩 쓰는 글은 나를 더 큰 사람으로 만들어준다. 더 나은 삶을 살아가도록 이끌어준다. 나는 유쾌한 수다쟁이인 동시에 자유로운 작가가 되기를 꿈꾼다. 오늘도 글로 내 생각을 표현한다. 차분하게 조용하게 그리고 냉정하게.

뜻하지 않은 칭찬

A: 코미디언 중에 김수현 작가님 작품을 한 사람이 흔하지 않
지…

B: 배우 중에도 안 해본 사람이 많은데, 영철이 대단해—

나: 그럼요, 저 이래 봬도 김수현 사단이에요!

A: 〈부모님 전상서〉 말고 또 뭐 했는데?

나: …

B: 어머, 김수현 작가님 차기작에 출연하지 않은 사단? 그런
사람도 있어?

그렇다. 나는 김수현 작가님의 드라마 한 편에 출연한 '자
칭' 김수현 사단이다. 2004년 10월에 시작해 2005년 6월에
종영한 KBS2 주말 연속극 〈부모님 전상서〉에 출연했다. 김희

애, 이동욱, 이유리, 김해숙 배우 등이 출연한 가족 드라마인데, 여기서 나는 주인공인 이동욱의 친구, 비디오 가게를 운영하는 '신철'이라는 역할을 맡았다.

매주 목요일, 작가님과 함께 대본 리딩을 했다. 스무 명이넘는 배우가 함께 앉아서 토요일, 일요일 2회 차 분량의 드라마 대본을 읽으며 서로 맞춰보았다. 물론 나는 주로 작가님께 "다시—" "신철아, 그 감정이 아니야. 친구가 미래가 불안하다는데 톤이 너무 뜨잖아"라는 식의 가르침과 지적을 받아가며 매회 대본 리딩에 임했다.

보통 저녁 6시쯤 시작했는데 나는 일찍 갔다. 첫날에 작가님과 이런저런 이야기를 했는데 너무 좋았고, 그 후 늘 일찍가서 작가님과 수다 타임을 즐겼다. 젊은 배우들은 선생님이어렵거나 무서웠는지 제시간에 맞춰서 왔지만, 나는 선생님이 가깝게 느껴졌다. 선생님은 그런 내 모습이 좋았는지 나를예뻐하시는 듯했고, 나는 매번 30분 정도 일찍 가서 선생님의옛날이야기를 듣거나 코미디언 예능국 분위기를 이야기하곤했다.

하루는 배우 동생 정준이 의아해하며 "형, 선생님이 질문을 먼저 해요? 아니면 형이 먼저 물어봐요?" 하고 물었는데, 닭이 먼저냐 달걀이 먼저냐 하는 질문처럼 느껴져서 고개를 갸우뚱하며 "반반인 것 같아. 근데 왜?" 하고 되물었다. 그러자 준이가 놀라며 "전 선생님께 질문을 먼저 해본 적이 없어요. 늘 대답만 했죠!"라고 하는 게 아닌가.

생각해보니, 내가 원래 말도, 질문도 많고 대체로 어른들과 대화를 편히 나누는 데다가 사람들을 어려워하지 않으면서 잘 지내는 외향적인 성격이니, 코미디언인 내가 김수현 작가님을 스스럼없이 대하는 것을 보고 아마 다른 배우들은 '쟤 뭐야? 쟤 뭐 하는 애지?' 하고 생각했을 법하다.

드라마는 경쟁사인 M본부 드라마의 시청률을 넘어서며 점점 인기를 끌었다. 극의 흐름상 주인공인 이동욱과 이민영 배우가 한 달 안에 결혼식을 올릴 것 같았고, 두 사람이 결혼하면 결혼식 사회는 내가 볼 듯한데, 그렇다면 내 분량도 좀 늘어날 것 같았다. 이 모든 게 작가님의 손에 달려 있지 않은가!

대본 리딩이 끝나고 작가님과 이런저런 이야기를 나누다가 불쑥, "선생님, 동욱이랑 민영이 결혼…하죠?"라고 묻자 선생님께서 "시켜야 하지 않겠니? 신철아, 근데 왜?"라고 되물으셨다(선생님께서는 때때로 나를 극 중 이름으로 불러주셨다). "결혼하면 그 결혼식 사회, 제가 보면 안 돼요?"라고 용기를 내어 물었다. '그건 안 돼'라고 거절하실 것 같았는데, "그럼 네가 써 와봐, 다음 주에"라고 하셨다. '엥? 써 오라니? 이게 무슨 말이야.' 옆에 있던 지인들이 키득키득 웃고, 이동욱도 "왜 그러게 일을 벌려" 하며 웃었다. 나는 대본을 써 오라는 이야기를 해프닝으로 여겼다.

이동욱과 이민영 두 사람이 극 중에서 썸(2005년도에는 썸이라는 단어가 없었음)을 타고 분위기가 슬슬 결혼하는 쪽으로 흘러가는데, 선생님께서 갑자기 대본 리딩 중에 "맞다, 신철이 결혼식 하는 대본 써 왔어?"라고 하시는 게 아닌가. 내가 놀란 표정으로 "네에에? 선생님, 농담하신 거 아니에요?" 하고 말하자 선생님의 말씀.

"얘는, 넌 내가 그런 것으로 농담할 사람으로 보이니? 안 써 왔어? 요즘 진짜 너네들 결혼식 풍경도 알고 싶고, 그래서 내가 너에게 진지하게 '써 와봐!' 했는데 그걸 농담으로 들었어? 얘, 다음다음 주쯤은 결혼시킬 거 같은데 어쩌나? 다음 주까지 써 와, 알았지?"

아아아아아, 이게 머선 일이고? 드라마 속 결혼식 사회자를 시켜달라는 말이 농담은 아니었지만, 시켜주면 좋고 시켜주지 않으면 아쉬운 정도였다. 그런데 작가님께서 '넌 아무것도 안 하고 그냥 사회만 보려고? 얘, 그건 안 되지'라고 하시는 듯했다. 작가님이 결혼식 사회자를 시켜주시면 고맙지만, 아무것도 하지 않고 분량만 채우려는 의도로 보이기는 싫어서 부담을 줄이고, 어깨에 힘을 빼고, 작가님이 쓰신 대본 10매 정도를 쭉 훑어보았다. 지문은 어떻게 쓰는지, 점 한 개와 두 개와 세 개를 찍었을 때 어떤 차이가 있는지, 아주 꼼꼼히 며칠을 보았다. 그렇게 작가님 스타일로 쓴 결혼식 첫 장면!

농협회관 앞, 하객들 한 명씩 들어가고 분주한 풍경. 농협회관 1층 식장 입구. 신철, 거울을 보며, '아, 내가 결혼하는 것도 아닌데, 왜 이렇게 떨리지?'라는 표정을 짓는다. 동욱, 신철을 찾다가 신철을 보며 말한다.

동욱: 아, 사회자가 여기 있음 어떻게 해?

사회자가 큰절을 올리며 결혼식을 시작하는, 조금 산만하고 엉뚱한 결혼식 분위기를 연출하여 대본을 썼다. 이래저래 원고지로 20매 정도. 내 대사 위주로 가득 채웠다.

결전의 날이 왔다. 대본 리딩을 마치고 내가 쓴 대본을 제출했다. 스무 명의 연기자와 정을영 감독님 및 조연출 외 여러분이 모였으니 서른 명이 넘는 자리였다. 연기자가 연기 오디션도 아닌 대본 심사를 앞둔 상황이 참으로 어처구니없는 코미디 같은 시간. 선생님께서 내가 쓴 드라마 대본을 찬찬히 10여 분을 훑어보시고 내게 던진 첫마디는 이랬다.

"영철아, 너 글 써봤니?"

살짝 미소를 지으시며 말씀하시는데, 칭찬이라는 걸 직감했다. 온기가 막 느껴졌다. 나는 횡설수설 "신인 때부터 코미디 언들끼리 콩트 대본을 쓰다 보니… 제가 라디오 방송도 하고 책 보는 걸 좋아하고 그래서…"라고 답했다. 선생님께서는 내 말을 자르시며 "영철아, 너 글 잘 쓴다"라고 하셨다. 차라리 아무 말도 하지 말 것을. '한 번도 써본 적 없어요!'라고 말했다면 작가님은 뭐라고 하셨을까?

이어서 작가님은 말씀하셨다.

"영철아, 그대로 다 쓰지는 못하고 일부 반영할게. 너희들 요즘 결혼식 하는 분위기도 알았고 재밌었어."

그 순간 박수가 쏟아졌고 김용건 선생님께서 "영철이, 좋아—"하시며 웃는 소리도 들었던 것 같다.

또 선생님께서는 뭔가 이 말을 하지 않으면 큰일 날 것처럼 덧붙이셨다.

"영철아, 너 이 대본 나한테 완전히 넘기는 거야. 판권 말이야!"

난 어리둥절한 표정을 지었고, 다른 사람들도 모두 작가님을 쳐다보았다. 그러자 선생님이 웃으시며 못을 박았다.

"영철이 재랑은 확실히 해야 해. 오늘 원고 써준 것으로 신문사 인터뷰할 것 같아. '아, 모르셨어요? 저 김수현 작가님하고 원고 반반씩 나눠 쓰잖아요. 토요일을 제가 쓰고 일요일은 쌤이 쓰고…'라고 할 거야."

대본 리딩에 참석한 모든 배우가 웃었다.

살다 보면 학수고대하며 예상했던 분에게 칭찬 대신 비판과 지적을 받는 날도 있지만, 뜻하지 않은 분에게 칭찬을 받기도 한다. 선생님께서 칭찬을 해주신 이유는 의외로 내가 글을 잘 썼거나 몇 개 건질 게 있었거나 처음 본 화법이라서 그랬을 수도 있다. 여하튼 때로는 연기자들에게 과감히 지적하시고,

때로는 독설을 퍼부으시는 우리나라 넘버원 드라마 작가님께서 내게 해주셨던 칭찬은 그대로 받아들이려 한다. 그 순간 느낀 그대로 믿으려 한다.

그러니까, 왜 글을 쓰느냐고요? 김수현 작가님이 글을 잘 쓴다고 해서요오오!

진지하게 생각해보건대, 나를 울리고 웃기고 아프게 했던 순간, 내가 감동받았던 순간, 그 순간을 소중히 간직하고 추억하기 위해서 글을 쓴다는 생각이 든다.

여담이다. 내가 〈부모님 전상서〉에 출연하게 된 이유는 이러하다. 작가님과 감독님께서 주인공 이동욱의 친구로 재미있는 배우를 찾고 있었다. 조연출 PD님이 수소문해서 친구 배역을 할 수 있는 배우를 찾다가 혜련 누나를 만났다. 조연출 PD님이 누나랑 친한데, 누나는 여러 코미디언 중 좌고우면 없이 나를 추천했다.

"김영철 연기 잘하냐?"라는 조연출 PD님의 질문에 누나는 "영철이 너무 웃기고, 이야기를 정말 잘 살려. 심지어 자기가 듣지 못한 이야기를 들은 것처럼 이야기하는데 그게 너무 웃겨. 연기 꼭 시켜봐"라고 말했다. 그렇게 나의 첫 드라마 데뷔가 이루어졌다.

드라마 종영 후 괌으로 포상 휴가를 떠나던 날, 작가님께서
우리가 앉아 있는 비행기 좌석 쪽으로 오시더니 "영철이, 동
료들 잘 챙겨줘서 고맙고, 다들 연기 잘해주셨고 애써주셨다"
라고 칭찬을 하셨다. 그때 내가 "선생님, 저도 처음인데 연기
잘했죠?"라고 했고, "영철이도 곧잘 했어"라는 선생님의 답에
다들 웃음이 터졌다. "너무 잘했다고 하면 너도 안 믿을 테니
까, 딱 그 정도로 잘했어"라고도 덧붙이셨다.

나는 휴가지에서 동료 배우들 대사를 따라 하곤 했는데, 그
때 선생님이 "어머, 쟤 좀 봐. 내가 썼던 대사 나는 다 까먹었
는데 쟤는 저걸 아직도 다 기억하고 있어?" 하셨고, 그 말씀에
다 같이 웃던 시간이 떠오른다.

지시대명사를
쓰지 않겠다

글을 쓰면서 벼락치기 독서를 강행하고 있다. 아무래도 책을 읽어야 양질의 글을 쓸 수 있기 때문이다. 요즘은 특히 어휘의 폭을 넓히는 데 도움이 되는 책을 읽고 있다. 그중 한 권이 《어른의 어휘력》이다. 나이가 들면 깜빡깜빡한다고 말하는데, 사실은 어휘력이 빈약하여 일상 소통에 불편을 겪는 것이라는 생각이 들었다.

아침 라디오 생방송을 하면서 말문이 막힐 때마다 머리가 빨리 움직여주지 않고 나이가 든 탓이라고 핑계 삼곤 했다. 그런데 어쩌면 어휘력이 부족해서 그럴 수도 있겠다고 생각했다. '어휘력 부족'이란 말은 올해 들어 내가 본 가장 신선한 문구다. 나이 관련해서 훅 치고 들어오는 문구 중에서 가장 애잔하고 서러운 말이 '어휘력이 부족'이 아닐까 싶다. 어떡하지,

하고 자책할 필요는 없다. 책을 읽고 공부하겠다고 다짐하고 실천하면 되는 거지.

2019년 7월 8일 《중앙일보》에 실린 칼럼 〈장은수의 퍼스펙티브〉에서 "문해력이 떨어질수록 실업자"가 될 확률이 높다고 했다. 나이가 들수록 우리는 젊었을 때보다 책을 읽지 않는다. 그러니 소통하기가 힘들어지고, 서류 등에 적힌 문장에도 이해도가 떨어진다. 게다가 자기가 이해한 대로만 받아들이니, 글의 의도를 정확하게 파악하기는커녕 글의 의미를 찾지 못해 헤매기도 한다. 그 결과 그 글이 '어렵네, 못 썼네!'가 되는 거다.

이동진 영화평론가가 〈기생충〉을 보고 블로그에 남긴 한 줄 평이 화제였다. 그는 '명징과 직조'라는 단어를 사용했는데, '일반인은 이해하기 어렵다' '있어 보이려고 그러나' '좀 더 쉽게 써주지'라는 부정적 반응과 '전문 분야이고 영화 관련 표현이니 그럴 수 있다' '난 알고 있는 단어다' '이 기회에 알게 되었다'라는 긍정적 반응이 엇갈렸다. 내 생각은 이렇다. '명징'과 '직조'라는 단어를 몰라도 우리는 살아갈 수 있다. 단어의 뜻이 궁금하면 찾아보면 되고 그렇지 않으면 무시하면 된다. 그가 영화평을 어렵게 썼든 쉽게 썼든, 어떤 단어에 호기심이 발동한다면 끊임없이 묻고 찾고 공부해야 한다.

어휘력이 떨어지기 시작하면 지시대명사를 많이 쓴다고 한다. 얼마 전, 친구와 이런 대화를 했다. 친구는 아는 어휘가 떠오르지 않아서 '그거'를 반복했다.

"왜 그거 있잖아."

"뭐? 말을 해."

"그거. 먹는 건데, 디저트 있잖아. 단 거 있잖아."

"초콜릿?"

"아니, 프랑스 건데, 색깔별로 있고, 과일 맛도 있고, 테두리에 쌓여 있는 맛있는 그거."

포털 사이트에 '프랑스 디저트'라고 검색하니까, 지식백과에 '프랑스 먹거리 마카롱Macaron'이라고 뜬다. 난 퀴즈 정답을 외치듯 "그래 마카롱, 마카롱"이라고 했고, 친구도 "그래, 그거 마카롱" 하며 웃었다. 기억력이 떨어졌거나 나이가 든 탓이라고 생각했다.

또 얼마 전, 라디오 방송을 진행하다가 '3456번님의 문자가 왔네요' 혹은 '문자가 도착했네요'라고 말해야 하는데

"3456번님의 문자가 그… 정착했네요!"라고 했다. 녹음실 밖에서 웃었다. (아침 라디오 방송의 어휘 실수는 여러 이점이 있다.) 늘 쓰던 단어 대신 다른 단어를 쓰고 싶어서 '도착' 대신 '안착'을 쓰려다가 '정착'이라고 말해버렸다.

영어권 국가의 사람들은 한 동사를 반복해서 쓰는 걸 피한다. 우리도 마찬가지다. 한 번 쓴 동사 혹은 단어를 다르게 활용한다. 어휘력을 발전시키려면 책을 읽어야 한다. 책을 읽다 보면 아는 단어가 많아지고 표현이 풍부해진다. '증진, 증가, 팽창, 늘어남' 같은 유사어를 자유자재로 사용하고, '감소, 감퇴, 하락, 줄어듦'을 반의어로 활용할 수도 있게 된다. 나는 이왕이면 '그, 저, 이거'보다 정확한 단어를 쓰려고 노력한다. 좀 더 세련된 어휘를 쓸 수 있기를 희망한다.

그러고 보니 양희은 선생님의 언어는 참 표현이 살아 있다. '짠짠해' '엽렵해' '빙그레' '칼 같아' 등 감정을 표현하는 형용사가 풍부하다. 선생님을 뵈면서 어휘력이 방송력이라는 생각이 들었다.

요 며칠, 한 가지 습관을 기르려고 하고 있다. 하고 싶은 말을 정리해서 조금 천천히 말하니 집중력이 좋아진 듯하다. 얼마 전, 냉장고 안에 있는 식재료가 생각이 나지 않아서 "그거, 그거, 저, 저, 저, 음, 버섯?"이라고 혼자 중얼거렸다. 지은 누나에게 이런 기억력 감퇴에 관한 이야기를 했더니, "요즘은 세 사람이 모여야 하나의 명사가 완성된단다"라고 위안해주었다. 하지만 모 신문사 인터뷰와 영상에서 본 100세를 넘기신 김형석 교수님이 떠오른다. 여전히 또렷하고 정확한 발음으로 생각을 말씀하시는 그분을 보면, '나이는 숫자에 불과하다는 말은 이럴 때 쓰는 것이구나' 싶다. 뭔가 제대로 해보고 싶단 생각이 든다. 나는 이제 더 이상 지시대명사를 쓰지 않기로 맹세한다.

글을 쓰는 태도

이외수 선생님과 방송할 때였다. 내가 쉬는 시간에 글 잘 쓰는 법을 여쭤보니 꿀팁을 하나 주셨다.

"영철이 얘기 가장 잘 들어주는 사람 있지? 모니터 앞에서 그 사람에게 얘기하듯 써. 쭉 쓰고 구어체를 문어체로 바꾸면 끝!"

이 방법이 첫 책《일단, 시작해》를 쓸 때 큰 도움이 되었다.

첫 책을 펴낸 지 10년 언저리가 되어, 두 번째 책을 쓰게 되었다. 더 나은 글을 써야 한다는 부담감이 있지만, 그동안 책을 꾸준히 읽으며 지식도 쌓았고 나이가 들며 내공도 쌓였으니 자신감도 있다. 그러면서도 내심 불안하고 걱정이 되는 건 어쩔 수 없다.

그러던 어느 날, 유튜브 〈채사장의 유니버스〉에서 글쓰기에 관한 영상을 보았다. 에토스Ethos, 파토스Pathos, 로고스Logos 등 처음 듣는 단어가 낯설었지만 채사장이 아주 침착하게 설명을 잘해주어 빠르게 이해가 되었다.

에토스는 말하는 사람의 신뢰감, 파토스는 듣는 사람의 정서적 공감, 로고스는 논리적인 뒷받침. 말하는 사람이 덕성이 좋고, 듣는 사람이 좋은 감정 상태이고, 그 말이 논리적으로 마음을 움직일 수 있어야 설득에 성공한다는 이야기다. 그러면서 "좋은 글은 좋은 사람이 쓴다"라고 했다. 나는 나 자신을 돌아봤다.

채사장이 생각하는 좋은 글의 기준을 토대로 나만의 글쓰기 기준을 정해보았다. 첫째, 진실하게 쓰기. 둘째, 절제하여 쓰기. 셋째, 유머를 녹여 쓰기. 넷째, 좋은 세계관을 담아 쓰기. 일단 나는 진정성을 목숨처럼 여기며 살아왔다. 사람들은 나를 말 많은 사람으로 알지만 나는 절제미를 아는 사람이다(이 말에 여러 사람이 웃을 것 같다). 라디오 방송을 들은 분들은 안다. 또 나는 코미디언이고 방송 경력이 20년을 넘었다. 노잼 캐릭터를 가진 사람 중 제일 재밌는 사람이 바로 나다. 그런데 이런 세계관은 어떻게 보여줄 수 있을까? 고민이 되었다.

꿈을 잃지 않고 성실하게 살아가면 언젠가 희망하는 바를 이룰 거라는 긍정적인 인생관을 보여주면 되려나? 방송하는 연예인의 일기가 아닌, 눈물 나고 웃음 나는 한 인간의 세계관을 보여주고 싶다.

고 장영희 교수님을 만난 적은 없지만, 책을 읽고 그의 팬이 되었다. 《살아온 기적 살아갈 기적》을 읽고 나도 유머와 위트가 섞인 글, 우울함을 긍정의 힘으로 승화시키는 글을 써보고 싶었다.

내가 글을 쓴다고 하니, 어느 날 제주도 사는 후배가 문자를 줬다.

"오빠 문자는 참 따뜻해요. 오빠랑 문자를 주고받으면 기분이 좋아져요."

이 문자를 보니 명문은 아니더라도 누군가에게 희망을 주는 문장을 쓸 수 있겠다는 자신감이 생겼다.

우리에겐 웃고 사는 재미가 있다

기차가 늦으면
어떡하지?

오늘도 영어 공부를 한다. 모르는 것은 찾아보고 아는 것도 되짚는다. 며칠 전에 '…하면 어쩌지What if...?'라는 숙어를 찾아보다가 "기차가 늦으면 어떡하지What if the train is late?"라는 예문을 보고 울컥했다.

고등학교 2학년 어느 때가 떠올랐기 때문이다. 고등학교 3학년생 선도반 선배가 지각생에게 얼차려를 주었다. 선도반은 오전 8시에서 1초가 지나면 무조건 지각으로 간주했다. 우리 집에서 학교까지는 차로 40여 분이 걸렸다. 그러니까 오전 7시 10분에 버스를 타면 오전 7시 50분에 도착했다. 오전 8시까지는 룰루랄라. 오전 7시 10분 버스를 놓치면 오전 7시 25분 버스를 타야 했다. 그러면 오전 8시 5분에 도착하니 얄짤없이 지각이었다. 1991년, 내 나이 열여덟 살 때였다. 나는 1년 내내 '버스를 놓치면 어떡하지'라는 마음으로 살았다. "기차가 늦으면 어떡하지"라는 예문을 보는데 아련한 옛 추억이 스쳐 지나갔다. 그리고 문득, 내 인생의 많은 지분을 차지하는 '…하면 어떡하지?'라는 가정법을 오래 곱씹었다.

　중학교 2학년 수학 시간과 고등학교 1, 2학년 생물(지금 10대들은 '과학탐구'라고 하나?) 시간의 몇몇 장면이 파노라마처럼 지나간다. 수학 시간에, 생물 시간에 영어 단어 쪽지 시험을 위해 단어장을 보던 영철이의 모습. 그 시간을 그렇게 보냈다. 일찌감치 수학을 포기했던 것도 있지만.

　'수포자'라는 줄임말이 없었지만, 그때도 '수학을 포기한 자'들은 많았다. 나는 '수학을 포기한 자'였다. 수학 시간이 되면 점심시간에 친구들을 어떻게 웃길지, 뜬구름 잡는 생각을 했다. 어제 본 코미디 프로그램을 떠올리고 응용하고 연습했다. 또 모든 수업이 다 끝나면 누구랑 집에 갈까를 생각했다.

　'다음 영어 시간에 단어 시험을 보는데 어떡하지?' 하면서 무릎 위에 스펠링을 빼곡히 적어놓은 단어장을 올려두고 보기도 했다. 만점을 받은 적은 없었지만, 영어 단어 시험이 있을 때마다 80~90점을 받기 위해 수학 시간에 종횡무진 고군분투했다.

'What if'에 대해 생각하고 며칠이 지난 뒤, 친척 동생을 만나 이런저런 이야기를 하면서 'What if'에 관한 대화를 했다. 갑자기 친척 동생이 눈시울을 붉히면서 "오빠야, 나도 항상 '…하면 어떡하지' 하고 생각했고, 30대도 그러지 않을까?"라고 말했다. 나뿐만 아니라 많은 이가 미래에 대해 예단하고 불안해한다.

친척 동생과 헤어지고 택시 안에서 내 지난날을 죽 돌이켜 보았다. 고등학생 시절, 군대 시절, 대학 시절 그리고 코미디언이 되고 나서 지금까지 말이다. 군대 시절 나는 걱정쟁이였다. '사격을 못하면 어떡하지? 수류탄이 터지면 어떡하지?' 복학하고 코미디언 시험을 볼 무렵에는 두 차례 떨어진 경험이 있어서인지 '이번에 또 떨어지면 어떡하지?' 하고 염려했다. 결국 원한 바대로 1999년 KBS 14기 코미디언 시험에 합격했지만, 그때도 참 걱정이 많았다. 소심하고 심약한 마음은 실패를 부르기도 했지만 그 안에 담긴 간절함으로 성공을 부를 때도 많았다. 코미디언이 되고 나서도 마찬가지였다. 녹화 전날부터 온갖 걱정을 했고, 마이크를 허리에 차고 PD님이 스탠바이 할 때 '못 웃기면 어떡하지?'를 속으로 연발했다.

몇 년 전 어느 날이었다. 나의 DJ 스승 화정 누나와 지인들을 만나 고깃집에서 밥을 먹을 때였다. 그날 고기가 좀 탔다. 내가 "저 고기 탄 거 어떡해?"라고 걱정하자 누나가 "뭘 어떡해? 안 먹으면 되지!"라고 했다. 그 뒤에 약을 먹어야 하는 누나의 컵에 한 지인이 물을 한가득 따랐다. 내가 "너무 많지 않아?"라고 말하자, 누나가 "남기면 되지!"라고 했다. 누나는 나와 다른 세계에 사는 사람 같았다.

일생을 조심조심 노심초사하며 살던 나. '어쩌나'를 연발하는 병을 갖고 살던 나. 그날 나는 누나에게 특훈을 받았다.

"청취율이 오르지 않으면 어떻게 해?"

"오르지 않으면 오르지 않는 거지."

"녹화 때 잘 풀리지 않으면 어떻게 해?"

"영철아, 못 웃기면 못 웃긴 거지. 다음 주에 웃기겠다고 싹싹 빌어! 우리 영철이 나이스 하고, 너만의 독특한 유머 감각을 가졌는데 무슨 걱정이야?"

우문현답이었다. 수학 시간에 수학 문제를 못 풀면 못 푸는 거고, 군대에서 사격을 못하면 못하는 거고. 그냥 사실을 받아들이면 될 것을 왜 그렇게 걱정을 하며 살았을까. 걱정할 시간에 누군가를 한 번 더 웃길 수도 있었을 텐데…

누나의 말로 걱정을 내려놓을 수 있었다. 조금씩 걱정을 내려놓다 보니, 조금씩 내가 달라졌다. 라디오 방송을 하면서 다른 프로그램 대본을 보곤 했는데 지금은 라디오 방송에만 집중한다. 미리 걱정하지 않는다. 그리고 라디오 방송에서 선언했다. 다시 중·고등학생으로 돌아간다면 다시는 수학 시간에 영어 단어 암기장을 꺼내는 학생이 되지 않기로 말이다.

걱정을 내려놓으니 사는 게 편해졌다. 약속 시간에 늦었으면 앞으로 늦지 않으면 되고, 오늘 간 식당의 음식이 맛이 없으면 다시 가지 않으면 되고, 나랑 맞지 않는 사람이 있다면 과감하게 만나지 않으면 되는 거다. 그 사람이 어떻게 생각할까, 그런 일이 벌어지면 어떡할까 하는 '어떡해'를 인생에서 지우기로 했다. 나를 좋아하지 않는 사람에게, 아직 일어나지 않은 일에, 시간 낭비와 감정 소비를 하지 않기로 했다. 따스함을 잃은 채 냉정해지기로 한 건 아니다. 불필요한 걱정을 하지 않고, 오늘을 살겠다는 거다. 그렇게 살고 있다. 카르페디엠Carpe diem, 현재 이 순간에 충실하련다.

근데, 문득 또 걱정한다. '내 책이 잘 팔리지 않으면 어떡하지? 그건 출판사 책임이겠지? 그럼 이 책이 베스트셀러가 되면 어떡하지? 그건 내가 잘 쓴 거겠지.' 편집자가 농담으로 받아줄 거라고 생각한다.

결심은
문득 하는 것

8월의 첫날이야. 실로 오랜만에 나에게 편지를 쓰네. 지금의 내가 되게 해달라고 기도하고 기다리고 기대했지. 먼저 고생했다는 말을 해주고 싶어. 대견하고 기특해. 그간 나를 위한 시간은 왜 이렇게 없었을까. 나를 잃어버릴까 봐 노심초사 걱정이 많다. 어딘가에 다녀와야겠어. 분주하게 뛰고 활기차게 아이디어를 떠올리며 9월을 준비하자꾸나.

오랜만에 펼쳐본 일기장에 이런 글이 적혀 있었다. 지나간 일기는 오글거리지만, 현재 내가 잘 사는지 반성하게 만든다. '1년 중 절반이 지난 무더운 여름에 무언가를 결심하고 다짐했었구나. 나에게도 불안한 시절이 있었지. 그때의 나도, 지금의 나도, 예뻐해주자'라고 생각한다.

나는 새해에 계획을 세우고 다짐하지 않는다. 늘 작심 3일이라는 패배의 잔을 마셨기 때문이다. 신년 목표 세우기에 현혹되지 않는다. 결심은 보신각 타종 소리를 들으며 하는 게 아니라 문득 하는 거다. 이게 내 삶의 철칙이다.

　어느 날, 호동이 형과 함께한 식사 자리에서 형수님이 말했다.

　"그러고 보니 영철 오빠, 담배 안 피우네요?"

　"끊었어요."

　"건강 때문에요?"

　'건강 때문은 아닌데… 뭐였지?' 곰곰 생각하다가 찾은 이유는 바로 이것!

　"안 어울려서요!"

　호동이 형과 형수님이 활짝 웃었다. 정말이지 열 명 중 한 명이라도 '멋있다, 의외로'라고 치켜세워줬으면 담배를 피웠을 텐데, 하나같이 "너, 담배 피우니? 안 어울려. 어색해. 꺼!"라고 말하니까 안 끊을 이유가 있겠는가.

　그리고 나서 호동이 형이 입을 열었다.

　"영철아, 나는 〈스타킹〉 녹화장에서 바로 끊었다."

　"왜? 형, 머선 일이었는데?"

"출연자 아이에게 마이크를 딱 갖다 대는데, '아저씨 손에서 아빠 냄새가 나요'라고 하잖아. '그게 무슨 말이니?' 물었더니 '아저씨 손에서 담배 냄새가 나요!' 하는 거야. 그래서 그날 끊었어. 왜냐면 영철아, 담배는 1월 1일에 끊는다, 다음 주 월요일부터 끊는다, 그러면 안 돼. 그냥 바로 그 순간 끊는 거야!"

갑자기 담배를 끊은 호동이 형이 대단해 보였다. 그 뒤로 지금까지 담배를 손에 들지 않는 모습에 엄지를 치켜세워주고 싶다. 아주 칭찬해.

다짐도 맹세도 날짜 맞춰서 해봤자 지켜지지 않는다. 언제든 딱 마음먹었을 때, 그때 바로 시작하면 된다. 나는 모두가 시간에 쫓기지 말길 바란다. 숫자에 갇히지 않길 바란다. 스스로 시간의 주인이 되어 현명하게 인생을 살기를 바란다. 몸에 걷기가 좋으니 걷는 시간도 만들고, 주변인에게 안부 문자도 자주 하고, 어학 공부도 하길 바란다. 무엇보다 문득 결심하길 바란다. 소소하게, 작은 것부터 하나씩 그렇게 말이다.

3장.   꿈

누구나 잘하는 게
하나쯤 있다

헤매고
휩쓸려보는 거야

나는 계획적인 편이다. 그렇다고 완벽주의자는 아니다. 실수가 잦아서 실수를 줄이고자 일요일 저녁에 다음 주 할 일을 쭉 정해놓고 거의 실행하는 편이다. 성공하는 사람들이 자기 전, 혹은 일요일 저녁에 다음 주 계획을 세우고 메모하는 습관이 있다는 사실을 자기계발서에서 보고 따라 하기 시작했다.

이런 계획적인 성격이 나를 힘들게 하기도 했다. 약속을 지키는 데에 나 자신에게 너무 엄격한 나머지 지치고 말았던 적이 있었다. 평소 잘 다니던 영어 학원이 너무 가기 싫던 날이었다. 그때 '내가 슬럼프가 왔나?' '올 때도 됐지' '실력이 도통 안 늘어서 그런가?' 하고 생각했는데, 유치원생 딸을 둔 잡지사 에디터 누나가 그런 게 아니라고 했다.

"얘, 오늘같이 37도에 영어 공부가 잘돼도 웃기겠다. 오늘 우리 딸도 아침에 더운지 '엄마 나 유치원 안 가면 안 돼?'라고 그러더라."

생각해보니 한여름 8월에는 누구나 기력이 떨어져 누워만 있고 싶을 때도 있지 않은가.

나는 되도록 약속을 지키며 나의 루틴대로 생활하려고 했다. 남과의 약속이기도 하니 함부로 어길 수 없는 것도 당연하지만, 무엇보다 뭐니 뭐니 해도 그렇게 사는 게 좋다. 여기저기 걸어 다니고, 움직이고, 운동하고, 학원 가서 뭐 배우고, 친구들하고도 놀고, 그렇게 집에 들어오면 하루를 알차게 보냈다는 생각에 스스로가 대견하다. 그리고 종일 그렇게 에너지를 다 쓰면 집에 와서 뻗기 일쑤라, 불면증이 없다는 게 좋다. (혹 다음에 까먹을까 봐 미리 말 나온 김에 알려주는 고급 정보인데, 불면증에 시달리는 분들이 있다면 이 방법을 써보길 권한다. 종일 돌아다니고, 종일 씨부려보라, 나처럼! 그럼 샤워하다가도 잠이 오는 기이한 경험을 하게 될 것이다.) 그리고 다음 날이 된다. 또다시 주어진 하루를 계획대로 시작한다. 약속하고, 약속이 취소되면 미루기도 하고, 또 잡기도 하면서.

얼마 전, 작가 임경선 누나를 만났다. 최근《평범한 결혼생활》이라는 에세이를 펴낸 그는 나랑 오래 알고 지낸 사이다. 한 해에 한 번도 만나지 못한 적도 있지만, 가끔 서로 안부를 묻곤 한다. 예전에 라디오 DJ를 할 때 그가 게스트로 출연하면서 알게 됐고, 조금씩 가까워지다가 이제는 누나, 동생 하는 사이가 되었다.

누나가 "다음 주 너희 집 근처에 갈 거 같은데, 도산공원 걷다가 시간이 맞으면 잠깐 조우해도 되고"라고 했는데, 시간이 맞지 않아 게릴라 데이트는 못 했다. 그래서 내가 "다음 주나 다음다음 주 서촌에 있는 누나 집 근처로 갈 건데, 내가 가고 싶은 곳(서촌에 있는 '두오모'라는 이탈리아 레스토랑)이 있는데, 거기서 만날까?"라고 제안했다. 누나가 거기 단골이라고 했고, 내가 예약을 했다.

나는 약속을 잡을 때, 상대가 내가 있는 쪽으로 한 번 와주면 다음에는 내가 상대가 있는 쪽으로 간다. 출판사 미팅 때도 처음에 편집자가 내가 있는 목동으로 와주었고, 그다음은 내가 북촌에 있는 출판사로 갔다. 회사 구경도 할 겸 그들이 대거 이동하는 것보다 나랑 매니저 둘이 움직이는 게 더 편하기도 하고. 아마 그래서 내가 친구가 많은지도 모르겠다.

여하튼 북촌에 갔던 날, 신이 났다. 북촌 근처를 걸으면 조선 시대에 와 있는 듯하고, 궁을 지날 때는 왠지 내가 전생에 뒷마당을 쓸었던 것 같기도 하고, 판타지처럼 시공을 초월한 기분도 든다. 여의도에서 방송을 시작해 목동과 일산을 오가고 있고, 집은 압구정 근처라서 종로와 광화문은 거의 들를 일이 없었다. 나에게 북촌, 소격동, 효자동은 생소하고 익숙하지 않은 곳이다. 우리나라 문화재를 많이 볼 수 있고 전통문화를 체험할 수 있어서, 그곳에 가면 나는 외국에서 온 여행객이 된 것처럼 설렜다. 그 설렘을 더 유지하기 위해서 2박 3일간 북촌에 에어비앤비 예약을 해두고, 서촌으로 이동하여 오랜만에 누나를 만났다.

나는 어색함 하나도 없이 누나와 수다를 떨었다. 이것도 능력이고 자랑이다. 모두 유쾌하고 쾌활한 엄마 덕분이다. 때로는 누군가를 만나러 갈 때 미리 준비하는 게 있는데, 그건 바로 질문거리이다. 어떻게 지냈는지, 그간 무엇을 했는지 등 질문거리를 준비하면 말실수가 줄어들고, 어색한 침묵도 피할 수 있다. 이를테면 '둘째 안 가지니?' '왜 헤어졌니?' 등과 같은 불편한 질문을 하는 실수가 확연히 줄어든다.

누나와 나는 밀린 이야기를 속사포 랩처럼 빠르게 하고, 근처 편집숍에 들렀다. 누나의 딸이 하교할 시간이 되자 헤어졌다. 작별 인사를 하며 누나가 말했다.

"영철아, 우리 또 만나자. 이 근처 올 일 있으면 전화해. 이 근처에 서점도 있고, 이것저것 볼 게 많아. 저녁까지 여기 좀 구경하고 걷고 그러고 헤매다 가."

"헤매다 가"라는 말에 꽂혔다. 순간 그 말이 신선하고 세련되게 느껴졌다. 사전을 찾아보니 "갈 바를 몰라 이리저리 돌아다니다"라는 의미였는데, 배시시 웃음이 나왔다. 새로운 단어를 찾고 공부하는 것도 좋아하지만, 잊고 있던 단어와 그 뜻을 다시 확인하고 단어의 깊은 맛을 알게 될 때의 짜릿함이란!

나는 누나와 헤어지고 나서 저녁을 먹기 전까지 세 시간 가량 걷고 또 걷고 헤맸다. 북촌인지, 삼청동인지, 서촌인지, 효자동인지 정확히 모르겠지만, 고등학교 때 배운 영단어 'wander' '거닐다, 돌아다니다, 헤매다'의 뜻을 기억하며 그렇게 골목길을 하염없이 헤매보았다.

중학교 때, 부산 이모 댁에 놀러 갈 때마다 엄마가 "해운대역 터미널에서 내리면 이모가 올 거니까 딱 거기에 있어. 돌아다니지 말고 딱 그 자리에 있어"라고 했던 기억이 난다. 외국을 여행할 때도 역에 내리면 지인들이 "호텔까지 곧장 와. 딴

데 들르지 말고. 지도 보고 와. 헤매지 말고"라고 한다.

나는 어떤 일을 시작하거나 새로운 길을 갈 때, 헤매거나 벗어나지 않고 곧장 목적지에 도착하는 걸 선호해왔다. 누구에게 휩쓸리는 걸 경계한다. 나의 직업은 유연하게 대처하는 순발력이 필요한데, 나는 잘하려고 애쓰다 보니 늘 경직되어 있었던 것 같다.

하지만 내 의지와는 상관없이 어떤 상황에 휩쓸리게 될 때가 있다. 누군가에게 말려들고 많은 사람 속에 섞여들어야만 하는 경우도 있다.

〈아는 형님〉 초창기의 일이다. 프로그램 속에서 내가 좀 못 웃기기라도 하면 희철이가 "아, 이 형, 왜 이렇게 못 웃겨? 아 노잼"이라고 하면서 나를 마구 놀리며 내 캐릭터를 한창 잡아갈 때였다. 그럴 때 속상해하는 내 모습을 옆에서 보던 호동이 형이 한마디 했다.

"야, 김영철, 속상해하지 마!"

자꾸 노잼이라고 하니 속이 상했는데, 그게 얼굴에 티가 났나 보다. 호동이 형은 "영철아, 네가 진짜 재미없는 애가 아니기 때매 괜찮아. 진짜 재미가 없으면 그게 싸하겠지만 그게 웃자고 하는 거라 괜찮고. 한 번쯤 휩쓸려봐. 휩싸여보라고. 그럼 너희들은 나한테 옛날 사람이라고 놀리는데, 나는 기분이 좋겠니? 희철이가 만들어준 캐릭터에 그냥 한 시즌 또 휩싸여보는 거야, 알았제?" 하고 덧붙였다.

호동이 형의 통찰력에 놀랐다. 휩쓸리고 휩싸여보라니! 그것도 한 시즌은 그렇게 해도 된다니! 그렇게 꽤 여러 시즌을, 오랫동안 노잼 캐릭터로 보냈더니 그것도 나름 괜찮았다. '주도하지 않고 끌려다니기도 해야겠다'라는 생각이 든 날이었다.

나는 주도하고 이끌어가는 리더가 되려고 노력했다. 잘한 적도 많았지만 그렇지 못한 적도 많았다. 누군가에게 휩쓸리는 건, 자기주장 없이 끌려다니는 모양새라 싫었다. 물건을 살 때도 마찬가지였다. 백화점 직원의 말에 휩쓸려 산 물건을 다음 날 교환한 적도 있었다.

그런데 가끔은 휩쓸려가는 것도 좋다. 평생 갈팡질팡 헤매고 휩쓸리기만 한다면 문제가 있겠지만, 가끔 휩쓸려가는 건 괜찮다. 나는 앞으로 여행을 가든, 일을 하든, 친구를 만나든, 가보지 않은 곳으로도 가보려 한다. 밤낮으로 종일 헤매어보려고 한다. 조만간 새로운 일이 들어온다면 주도적으로 이끌어가기도 하고 휩쓸려보기도 하겠다. 단, 좋은 일에 휩쓸리는 건 좋지만 나쁜 일에는 절대 휩쓸려선 안 된다.

그래서 올해 나의 목표는 이것이다. 헤매며 휩쓸리거나 휩쓸리면서 헤매어보기. 멋지지 않은가.

나의 친한 친구

내가 걸을 때마다 함께 따라오면서 나를 환하게 비춰주는 너. 매일 만나는 건 아니지만 가끔 나에게 찾아와 나를 웃게 만드는 너. 낮에는 볼 수 없고 늘 저녁에 얼굴을 드러내는, 너는 달이다. 나의 가장 친한 친구다.

2014년에 지금 사는 집으로 이사를 왔는데, 가장 먼저 확인한 게 달이 뜨는 위치였다. 권대웅 작가의 《당신이 사는 달》을 읽으며, 이사하면 달이 뜨는 곳을 알아두어야겠다고 생각했다. 나는 베란다 밖으로 달이 자주 보이는 걸 확인했다. 달이 가장 잘 보이는 문 뷰moon view는 놀이터다. 아이들이 모두 집으로 돌아간 밤, 미끄럼틀에 누워서 보는 달은 영롱하다.

어릴 적, 나는 달이 떠오를 때마다 소원을 빌었다. 달을 볼 때마다 정확한 발음으로 무언가를 이야기했다. 우리 집 뒷마당 처마 밑, 한 평 남짓한 공간은 애숙이 누나와 나의 아지트였는데, 그곳에서 나는 '부모님이 싸우지 않았으면 좋겠다'라는 소원을 지긋지긋하게 빌었다.

그곳에서 보는 달은 정말 예뻤다. 집 분위기가 얼음장같이 차가운 날, 가로등이 없는 야심한 밤, 밭에 심은 작물이 보이는 그곳에서 달하고 두런두런 이야기를 나누다가 내 방에 들어와 잠을 자곤 했다.

사춘기를 겪을 때도, 시험 성적이 떨어졌을 때도, 좋아하는 친구가 생겨서 고백할까 말까 고민할 때도, 무언가를 갖고 싶을 때도, 늘 달은 내 곁에 있었다. 성인이 되어 먹고살기에 바빠지면서 서서히 달을 잊었고, 달을 보지 않아도 별 탈 없이 잘 지냈다.

그러던 2003년 7월, 다시 달을 만났다. 정확히 말하면 내가 그동안 외면했던 달을 다시 보았다. 캐나다 몬트리올 코미디 페스티벌에 참가했을 때였다. 정식 무대에 선 건 아니고 단순 참가에 가까웠다. 12박 13일 동안 KBS에서 몬트리올 통신원과 여러 사람을 소개해주어 낮에는 사람들을 만나며 바삐 지냈고, 밤에는 주로 혼자 보냈다.

모 코미디언의 무대를 보고 숙소로 돌아가는 길. 이유를 알 수 없는 외로움, 서글픔이 소용돌이쳤다. 나도 뭔가를 해보고 싶은 욕심이 샘솟다가 큰 무대로 나갈 수 없을 거라는 생각에 주눅이 들었다. 자신감과 소외감이 물감처럼 섞이지 않고, 물과 기름처럼 서로를 밀어내며 나를 괴롭혔다.

그때 푹 숙인 고개를 들었더니 아주아주 예쁘고 큰 보름달이 나를 보고 있었다. 고개를 들지 않았다면 볼 수 없었을 달… 어릴 적 내가 의지했던 내 친구 달을 보고 반가워서, 나는 그만 큰 소리로 "안녕, 달아!"라고 인사를 했다. 누가 들으면 나를 이상한 사람으로 볼지 모르겠지만, 다행히 주변에는 아무도 없었다. 나는 달에게 천천히 말을 걸었다.

"오늘 마음이 좀 그래. 이유는 잘 모르겠어. 나도 저 사람들처럼 저 무대에 설 수 있을까? 우선 서울에 가면 영어 학원에 가서 수강 신청을 할 거야. 그리고 10년 뒤, 2013년에 여기에 꼭 다시 올게. 달아, 나를 기억해줘, 꼭."

달에게 속마음을 털어놓으니 복잡한 감정이 간결하게 정리가 되었다. 든든한 친구를 다시 만나니 용기가 생겼다. 그때 무언가를 상상하며 숙소로 돌아오던 내 발걸음은 소금쟁이처럼 가벼웠다.

그리고 2021년 4월 27일 슈퍼 문이 뜨는 날에도, 저녁 약속
을 일찍 마치고 집 앞 놀이터에서 달을 기다렸다. 구름에 가려
직접 볼 수 없었지만 유튜브 생중계로 뉴욕에 뜬 달을 보며 마
음을 달랬다.

그날, 달에게 꼭 해줄 이야기가 있었다.

"달아, 얼마 전에도 말했지만 미국 코미디 쇼에서 섭외가
와서 화상 미팅을 했잖아. 1회짜리 파일럿 프로그램인데, 잘
되면 10회 시즌 편성이 된대. 잘되겠지? 어쨌든 내 꿈이 드디
어 이루어지겠지?"

그날은 윤여정 선생님이 제93회 아카데미상 여우조연상을
받아서 나 또한 격앙되었다. 내 인스타그램에 윤여정 선생님
수상 축하 글을 남겼는데, 지인이 "영철이도 미국 할리우드 가
야지. 너도 오스카 고고고"라는 댓글을 남겼다. 나는 대댓글
에 "난 5년 뒤 에미상 코미디 부문 남자조연상 후보에 오를 거
야"라고 썼다. 그리고 5년 뒤의 수상 소감을 생각해보았다.

"제가 미국 활동을 하는 동안 저의 능력을 의심했거나 안 된
다고 하셨던 분 그리고 제 영어를 비난하며 절 괴롭히고 힘들

게 하셨던 분, 오늘 밤까지 문자와 전화를 준다면 모두 용서하고 다시 친구가 되겠습니다. 내일은 안 돼요. 딱 오늘까지만!"

윤여정 선생님 수상 소감을 응용한 수상 소감이었다.

2021년 제93회 아카데미상 감독상을 받은 클로이 자오 감독은 수상 소감에서 이렇게 말했다.

"일이 힘들 때 내가 어렸을 적 배운 것들을 떠올린다. 사람들이 태어날 땐 선하다는 것! 나는 아직도 그걸 굳게 믿는다. 가끔 살다 보면 그것을 믿기 어려운 순간들이 있다. 그래도 내가 만난 모든 사람의 내면에는 선함이 있다는 걸 볼 수 있었다. 이 오스카상은 믿음과 용기를 갖고 자기 자신의 선함을 유지하는 모든 분께 돌리고 싶다."

어릴 적부터 나는 달에게 연예인이 되고 싶다고 했다. 결국, 원하는 바를 하나하나 다 이루어냈다. 그리고 또 다른 꿈을 이루기 위해 노력하고 있다. 문득, '나를 키운 건 달이 아닌가' 하는 생각이 든다. 늘 그 자리에서 내 이야기를 들어주던 달에게 어떻게 고마움을 표현해야 할지 모르겠다. 그러고 보니 나는 달의 이야기를 한 번도 들어본 적이 없는데… 오늘은 달에게 짧은 편지를 남긴다.

달아, 항상 내 곁에 있어줘서 고마워. 내 비밀 이야기를 들어줘서 고마워. 뒷담화를 하고 싶은 날, 기분이 좋은 날, 어깨가 축 늘어진 날, 너는 항상 내 말을 들어주었지. 해는 나를 닮아 입이 가벼워 보이는데, 너는 나와 반대로 침착한 느낌이라 좋아. 내가 친한 과학 선생님에게 들었는데, 너를 초승달, 상현달, 보름달, 하현달, 그믐달이라고 부른다며? 윤달은 4년 만에 오는 거라며? 어쨌든 너도 나 말고 챙길 사람이 많아 바쁘지? 지구에 사는 70억 명의 사람이 모두 너를 찾지는 않겠지만 너를 찾는 사람이 꽤 많다는 걸 알아.

달아, 내가 너에게 인생의 방향을 자주 물어볼지 몰라. 아홉 살 때 속상해서 너에게 처음 눈물을 보였고, 서른 살 때 몬트리올에서 너를 다시 만났을 때 내가 할리우드에 진출할 수 있게 해 달라고 말했지.

몇 년 전, 미국 할리우드에 가서 에이전시 미팅을 하고 왔을 때, 잘된 것도 없고 잘 안 된 것도 없어서 시큰둥했던 날. LA 파머스 마켓에서 저녁을 먹고 나왔는데 네가 딱 나를 보고 있었어. 너를 보고 "여기 다시 올 거야. 곧 올 거야"라고 내가 말했잖아. 그때 내가 친구 인호에게 문자를 보냈는데, 인호가 이렇게 말했어.

"할리우드 진출 성공하면 우리 달나라로 여행 가자!"

달아, 언젠가 너를 더 가까이 보러 갈 수 있겠지?

처음 그 마음으로 계속 선하게 살게. 너도 힘든 순간이 있어도

선함을 잃지 말길 바라. 나 꼭 도와주면 좋겠다. 달아, 꼭 꼭 꼭!

확실히 아는 것들

어느 날, 영어 수업에서 자유 주제로 이야기를 하던 중 선생님이 내게 물었다.

"힘든 일이 있을 때 누군가 한 명을 만난다면 누구를 만나고 싶어?"

나의 대답은 오프라 윈프리. 그때 왜 내가 그를 만나고 싶다고 했는지 잘 모르겠지만, 〈오프라 윈프리 쇼〉에서 게스트의 눈물을 보듬어주던 모습이 머릿속에 각인되었던 것 같다.

그때 나는 미국 코미디 쇼 진행자로 발탁되었고, 설렘과 무게감에 적잖은 스트레스를 받았다. 왠지 오프라 윈프리는 이런 내 이야기를 듣고 "걱정하지 마. 첫 시작이 아주 좋아. 네가 영어를 잘해서가 아니야. 그들은 너의 매력을 보고 캐스팅했어. 한국에서 네가 미친 듯이 움직였던 무대를 떠올려봐. 오케이? 할 수 있겠지?" 하고 웃으며 나를 다독여줄 것만 같았다.

몇 년 전, 오프라 윈프리가 쓴 《내가 확실히 아는 것들》을 읽으며 깊은 영감을 얻었다. 가장 밑바닥에서 시작해 절정에 서기까지 그의 인생 여정 자체가 나에게 큰 교훈을 주었다. 그가 아프고 고통스러운 삶에서 깨우친 지혜는 나에게 빛나는 깨달음을 주었다.

그래서 나도 모르게 그의 습관을 따라 했다. 그가 오후 4시에 마살라이 차이 티를 마시며 남은 시간을 잘 보낼 힘을 충전한다고 해서, 나도 오후 4시에 재충전하는 시간을 가졌다. 오후 4시는 내가 가장 좋아하는 시간이자 하루의 2막이 막 펼쳐지는 시간. 라디오 방송을 하느라 이른 새벽에 일어나 남들보다 긴 하루를 보내는데, 오후 4시가 기분을 전환하기 딱 좋기 때문이다. 이 시간에 나는 카페에 앉아 차를 마시거나 책을 보거나 밀린 연락을 했다.

그런데 마살라이 차이 티가 없는 카페가 많아서, 주로 밀크티를 마셨다. 한 달 동안 매일 오후 4시에 밀크티를 마실 때마다 기분이 좋았다. 그런데 몸무게가 2킬로그램가량 늘었다. 당 성분이 첨가된 밀크티의 칼로리가 높은지 몰랐다. 난 그냥 티라고 생각했는데… 친구가 그것도 몰랐느냐며 아메리카노나 마시라고 했지만, 좋은 기분을 포기할 수 없어서 주 2~3회로 줄였다.

그때 알았다. 칼로리에 대해서 말이다. 그때만 해도 칼로리를 따지면서 음식을 먹지 않았다. 한창 운동할 때였는데, 운동 전에는 바나나가 좋고 운동 후에는 달걀이 좋다고 해서 운동 전후로 바나나 두 개와 달걀 두 개를 먹고, 저녁에는 치킨 한 마리와 맥주 500시시 여덟 잔을 마셨다. 치킨과 맥주는 환장할 짝꿍 아닌가. 운동하면 살이 빠져야 정상인데 오히려 더 찌는 것 같다고 후배에게 말했더니, 달걀을 덜 먹거나 바나나를 덜 먹으라고 해서 웃었던 적이 있다.

지금은 저열량 식단, 고단백질 음식, 슈퍼 푸드에 대해 알고 있지만, 그걸 몰랐을 때보다 더 좋고 행복하진 않다. 칼로리를 알게 되어 피곤하기도 하다. "맛있게 먹으면 0칼로리"라고 화정 누나가 말하지 않았나. 어쨌든 방송을 하는 사람이니 관리를 해야 하고, 건강을 위해서 체중 조절이 필요하다고 느꼈다. 몸은 거짓말을 하지 않으니까. 먹으면 살이 찌고 움직이면 빠지니까. 그래서 매일 걷고 뛰기 시작했다. 오늘도 나는 1만 보쯤 걷는다.《뉴욕타임스》건강 섹션에서 "수명을 오래 유지하면서 건강하게 살려면 최소 7천 보를 매일 걸어야 한다"라는 기사를 봤는데, 잘하고 있는 것 같아서 다행이다.

내가 확실히 아는 것은 많지 않지만, 이것만큼은 확실히 안다. 걷다 보면 새로운 아이디어가 생기고, 뛰다 보면 건강해지고, 그렇게 맛있는 음식을 조금은 마음 편히 먹을 수 있다는 것. 오늘 걷지 않으면 내일 뛰어야 한다는 것. 그래서 오래 살려고 매일 분주하게 걷고 뛰나 보다.

부지런히
뛰다 보면

2019년 2월 4일, 뉴욕 소호였다. 나는 여행 중이었고 포토
그래퍼 후배는 촬영 중이었다. 둘이 밥을 먹고 커피를 마시러
이동하던 중 신호가 바뀌어서 길을 건너려는데, 50대 중후반
으로 보이는 뉴요커 신사가 지나갔다. 한눈에 패셔너블한 힙
스터라는 게 느껴졌다. 그때 후배가 "어, 어, 어떡해… 이네
즈…"라고 중얼거렸는데, 정확히 무슨 말을 하는지는 몰랐지
만 후배가 그를 존경한다는 게 느껴졌다. 내가 빠르게 그가 누
군지 물으니, 후배가 세계적으로 유명한 사진작가라고 했다.
"사진작가 듀오가 있거든. 이네즈 반 램스위어드는 아내, 비누
드 마타딘은 남편. 저분이 바로 그 남편이야!"

후배에게 "빨리 사진 찍자고 해"라고 하는데, 그의 걸음이
영화에서 본 뉴요커처럼 빨라서 우리와 점점 멀어졌다. 후배

는 쭈뼛쭈뼛하며 제자리걸음을 했다. 왜 그럴 때가 있지 않은
가. 정말 좋아하는 연예인을 만나면 다가가지 못하고 발만 동
동 구르게 되는. 그래서 내가 대행 업무를 해주었다.

우리가 있는 자리에서 30미터 앞서가는 그를 붙잡으려고,
나는 자메이카 4백 미터 계주 선수처럼 뛰었다. 그를 가까이
서 만나는 후배의 꿈을 이뤄주고 싶어서. 후배를 한국에서 가
장 잘나가는 포토그래퍼라고 그에게 소개하고 싶어서. 나도
그와 사진 한 장 찍어 인스타그램에 올리고 싶어서.

그와 나의 거리가 5미터 정도 되었을 때 그를 불렀다. "익스
큐즈 미─ 익스큐즈 미." 그가 몸을 돌려 헐레벌떡 뒤쫓아 오
는 나를 보았다. 나는 "Well, I am so sorry"라고 말하고 한국
에서 온 20년 차 코미디언이라고 인사했다. 외국에 가서 내가
코미디언이라고 말하면 신기하게 바라보며 좋아해주는 걸 알
기에, 코미디언이란 자기소개로 그의 관심을 끌었다. 그는 나
에게 여기서 활동하는지 물었고, 내가 한국에서 활동하고 있
고 뉴욕에 여행하러 왔다고 대답할 때 후배가 내 옆으로 왔다.

"얘는 한국에서 넘버원 포토그래퍼야. 너를 보자마자 너무
떨려 말을 하지 못해 내가 이렇게 뛰어왔어. 괜찮다면…" 하는
데, 마음이 통했는지 그는 "당연하지"라고 외치며 사진을 찍

어주었다. 후배 먼저 사진을 찍고 나도 찍은 뒤, 그와 가볍게 인사를 하고 헤어졌다.

"형, 난 형이 다람쥐인 줄 알았어. 왜 이렇게 빨라?"

"얘, 난 업계에서 잘 뛰고 부지런한 애로 소문이 나 있잖아. 장훈이가 그러더라. 74년생 동갑들 중에서 내가 서전트 점프 (무릎을 90도로 굽혔다가 수직으로 뛰는 점프)도 가장 잘 뛴다고."

후배는 카페로 가는 내내 고맙다는 인사를 했다. 나는 그저 뛰었을 뿐인데… (여담이지만 후배 옆에 후배의 어시스턴트가 있었다. 그들도 그와 사진을 찍고 싶었을 텐데 너무 정신이 없어서 챙겨주질 못했다. 그게 마음에 걸린다. 아름답지 못한 B컷이었다.)

한국에 돌아와 후배에게 문자를 받았다.

"형의 발걸음과 뛰는 뒷모습에서 많은 걸 배웠어요."

이렇게 예쁜 말을 해주다니! 나의 뜀박질이 헛되지 않아서 좋았다. 이미 뛰고 있는 나를 더 뛰고 싶게 했다. 마흔이 된 후배가 "형, 전 뛸 일도 없고, 일하면서 뛴 적이 없는 것 같아요"라고 다시 문자를 보냈고, 나는 "그럼 마흔부터 뛰어!"라고 답 문자를 보냈다. 요즘도 후배에게 이런 문자가 온다.

"요즘도 부지런히 뛰면서 일합니다."

그러고 보니 참 부지런히 살았다. 1999년 스물여섯 살에 데뷔해서 〈개그콘서트〉에 출연할 때였다. 그 시절 신인 코미디언은 수염, 한복, 저고리, 가발 등 선배들 소품 챙기느라 발바닥에 불이 나게 뛰어야 했다. 모든 선배 소품을 직접 챙겨야 했기에 매우 힘들었다. 화장실에서 울 시간도 없을 만큼 바빴다. 우울할 틈 없이 우사인 볼트처럼 전력으로 뛰어야 했다. 그때 생각을 하니 슬프지는 않지만 뭉클하고 입꼬리가 올라간다.

그때도 지금도 나는 뛰고 있다. 나는 걸음이 빠르다. 말도 빠르고, 문자 보내는 속도도 빠르다. 일 처리도 속전속결이다. 쉰 살이 되어도 뛸 일이 있으면 뛸 것이고, 뛰어서 누군가를 만나야 한다면 기꺼이 달릴 것이다. 부지런함은 나의 무기다. 할까 말까 고민할 때는 해보자! 즉시 움직이면, 포기란 단어 앞에서 포기하는 일이 줄어들지 않을까?

권태롭지 않기를

초여름 더위가 주춤했던 주말 오후, 여의도에서 열린 '2017 청춘페스티벌'에 다녀왔다. 강연자로서 2030 청년들에게 꿈과 희망을 이야기하기 위해서였다. 갈팡질팡하는 그들에게 선배로서 그동안 내가 슬럼프를 어떻게 이겨냈는지, 매일 두세 시간씩 13년째 1만 시간 이상 영어 공부를 해오면서 어떻게 달라졌는지, 변화된 내 이야기를, 변화된 내 삶을 전해주었다. 또 그들처럼 여전히 큰 꿈을 꾸고 있는 나 역시, 진지한 태도로 강연을 듣는 그들에게서 기분 좋은 에너지를 얻었다.

강연이 끝나고 10분 정도 질의응답 시간을 가졌다. 경남 양산에서 올라온 친구가 손을 들었다. 슬쩍 장난을 치고 싶어 아재 개그로 "날씨도 더운데, 양산은 챙겨 왔어?"라고 하자 "그럼요, 당연히 갖고 왔죠!"라며 응수한 그는 유쾌한 사람이었다. 관중석에서 웃음이 터졌다. 그날 모인 사람들은 웃음에 인색하지 않은, 웬만한 말에도 웃어주는 축제를 즐기러 온 청춘이었다.

그는 매일 아침 내가 진행하는 라디오를 들으며 하루를 시작한다고 했다. 어떻게 하면 힘든 기색도 없이 지치지 않고 명랑하게 아침 방송을 하느냐고, 활기찬 로고 송을 라이브로 들을 수 있겠느냐고 물었다. 그는 슬며시 내가 노래 부르기를 유도했다. 나는 자연스럽게 노래를 하며 라디오 방송 홍보도 했다.

"〈김영철의 파워FM〉은 오전 7시부터 9시까지, 채널은 107.7메가헤르츠. 꼭 들어주세요."

'내 노래를 듣고 싶어서 손을 들었나?'라고 생각하는 찰나, 그가 다시 진지하게 말을 이었다.

"진짜 하고 싶은 질문이 있는데… 형의 밝음과 긍정의 원천이 무엇인지 궁금해요. 매일 어떻게 그렇게 일찍 하루를 시작하시나요?"

"우선, 돈을 주면 아침에 눈을 뜨게 돼 있어!"라고 운을 뗐다. 그리고 "엄마의 긍정 에너지에 '초' 하나 살짝 뿌린 '초긍정' DNA를 물려받아서"라고 답했다(엄마의 재미나고 무궁무진

한 이야기는 다음으로 미루기로 하고…). 게다가 "내가 라디오를 너무 사랑하는 까닭"이라고 말해주었다.

어릴 적부터 라디오 DJ가 꿈이었다. 그 꿈을 이뤘으니 당연히 잘해야 하는 것이 도리다. 마흔이 훌쩍 넘었으니 열심히 일하는 것은 기본이요, 일할 수 있다는 것만으로도 하루하루 감사하다. '오늘은 어제 죽은 이가 그토록 살고 싶었던 내일이 아니던가!'라고 굳이 거창하게 말하지 않아도, 내 나이쯤 되면 힘들고 무기력해도 버티든 이겨내든 그렇게 살게 된다.

강연 시간이 충분하지 않아서 들려주지 못한 한 가지 얘기가 떠올라 여간 아쉬운 게 아니었다. 사실 나도 노력하여 긍정 에너지를 갖게 되었다고 말해주고 싶었다. 당신도 노력하면 밝아질 수 있다고 응원해주고 싶었다.

《군주론》을 쓴 니콜로 마키아벨리는 무엇보다 권태가 가장 무섭다고 했다. 나도 꽤 권태롭고 지루해하며 20대와 30대를 보냈던 적이 있다. 그런 지난한 세월을 보내면서 나름 한 가지를 깨달았다. 이래도 저래도 하루는 지나간다는 것. '카르페디엠'이라는 말처럼 우리는 그 순간을 즐기면 된다.

지루한 일상을 보낼지 말지는 전적으로 나에게 달려 있다. 일요일 저녁, 다음 주 스케줄을 다이어리에 적으면서 그다음 주에 어떤 일이 있을지 설렌 적이 많았다. 책을 읽다가 내일 더 읽고 싶어 덮어두고 잤던 적도 여러 번이었다. 반복되는 일상이다. 다들 그렇게 살아가니 너무 놀랄 필요는 없다. 다만 내일 좀 더 새로운 일이 생길지도 모른다는 기분 좋은 상상으로 하루를 마무리한다.

건강 프로그램에서 의사 선생님 추천대로 하루 30분 햇볕을 쬐어보았다. 햇볕은 우울증을 극복하는 데 도움이 된다고 한다. 공원을 산책했다. 성시경의 〈거리에서〉의 노랫말이 떠올랐다. 조금씩 한 발 한 발 걸으면 곁에서 누가 나에게 어떤 말을 해주는 것 같다. 답은 나에게 있었다. 기분도 연습이다. 그날, 그 자리에 있었던 청중에게 다시 한번 말해주고 싶다. 권태롭지 않기를 소망하자. 그렇게 되지 않기를 기도하고 기대하자. 내가 포기할 수 없는 건 꿈이다. 우리는 우리가 상상하는 쪽으로 살아가게 된다고 믿는다.

부러워서
배운다

　박완서 선생님의 책《모래알만 한 진실이라도》를 사려다
가 선생님의 인터뷰 영상을 보았다. "좋은 글을 보면 샘도 나
고 그래요"라는 선생님의 말씀에 안도했다. 선생님도 샘이 났
으니 나 또한 종종 샘이 나는 게 이상한 게 아니라 자연스러운
마음이라 생각한다.

　나는 종종 수근이를 보면 샘이 난다. 치기 어린 질투가 아
니라 존경을 담은 샘. 가끔 샘을 숨기지 않고 "그만 좀 웃겨,
아니면 같이 웃기든가. 왜 너만 웃겨"라고 수근이에게 말한
다. 수근이는 모든 코미디언이 인정하는 개그 천재다. 스포츠
스타로 비유하면 김연아 선수와 같다. 호동이 형이 이따금 수
근이에게 "좀 안배해. 니만 웃기지 말고 전체를 좀 봐"라고 애
정 섞인 말을 하는 이유 또한, 수근이가 몰아서 웃기면 다른

말들이 시시해지기 때문이다. 가끔 나도 수근이가 하는 개그를 보면서 감탄하고, 박수를 친다. 한 살 어린 동생이자 개그계 후배인 수근이에게 나는 배운다. 수근이의 개그를 배우고 응용해서 라디오 방송을 할 때 써먹는다. 수근이도 이 사실을 알까?

나는 김연아 선수의 광팬이다. 김연아 선수의 현역 은퇴 무대이자 새 출발의 장이 된 갈라 쇼를 서울 올림픽공원 체조경기장 현장에서 직접 보았다. 김연아 선수가 자코모 푸치니의 오페라《투란도트》중〈공주는 잠 못 이루고Nessun Dorma〉의 선율에 몸을 맡겨 스케이팅할 때, 나뿐만 아니라 거기 있던 모든 팬이 눈시울을 붉혔다.

2018년 평창 동계올림픽이 열리기 전, 왜〈김연아의 키스 & 크라이〉와 같은 피겨스케이팅 예능 프로그램이 생기지 않을까? 하고 2016년 겨울부터 2년간 겨울이 되면 목동 아이스링크에서 피겨스케이팅을 배웠다. 나는 반 바퀴를 돌 수는 있지만, 한 바퀴를 돌면 대체로 넘어지는 실력의 소유자였다. 개인 지도를 해주신 선생님은 이제 초급 테스트는 통과할 것 같다며 테스트를 받아보라고 권했다. "그럼, 저 이제 중급이 되는 거예요?"라고 물으니 선생님이 "초급을 따면 1급부터 8급까지 있어요"라고 답했다. 순간 "그럼 김연아 선수는 몇 급이에요?"라고 물으니 "(왜, 7급일까 봐? 하는 느낌으로 웃으면서) 당연히 8급이죠"라고 말하는 선생님의 표정이 재밌었다.

피겨스케이팅에 도전하는 내가 대견했다. 외국 사이트에서 주문한 피겨스케이트 부츠의 끈을 묶고 매주 2~3회씩 연습했다. 넘어지고 일어서기를 반복하는 초보였지만 괜찮았다. 내가 넘어지면 어디선가 웃음소리가 터졌다. 하루는 피겨스케이팅 해설위원으로 활동하던 곽민정 선수가 아이스링크에 와서 사진을 함께 찍었다. 곽 선수는 피겨스케이팅을 사랑해주는 나에게 고마움을 표했다. 그러다 곽 선수가 내 실력을 점검하고 싶었는지 "돌기도 하세요?"라고 물었다. "반 바퀴 정도? 한 바퀴 돌면 넘어져요. 신기한 건 생각보다 안 아파요"라고 하자, 곽 선수가 크게 웃으며 "세 바퀴 돌다 넘어지면 아플 거예요. 한 바퀴는 덜 아프죠"라고 했다. 초급인 내가 8급 선수들의 세계를 이해할 수 없지. 영어를 배울 때 처음부터 미인 회화를 하지 않고 한인 회화를 2~3개월 하는 것처럼 말이다.

아마도 2007년부터, 나는 김연아 선수의 팬이 되었다. 우연히 어느 포차의 큰 대형 TV에서 김연아 선수가 세계피겨선수권대회 파이널 경기를 하는 걸 보았다. 피겨스케이팅에 대해 잘 아는 지인이 김연아 선수에 대해 설명해주었다. 이번 시즌은 허리가 아파서 진통제를 맞으면서 경기를 했고, 3등으로 동메달을 땄다고. 우리나라 선수이니 당연히 나는 응원했다. 넘어졌을 때 '조금 전에 무슨 일 있었어?'라고 말하듯 씩씩한 표정으로 연기를 하는데, 그 모습이 나를 사로잡았다.

김연아 선수는 2007~2008년 시즌에 아사다 마오와 라이벌 구도였지만, 2008~2009년 시즌부터 독보적인 경기력을 보여주었고, 2010년 밴쿠버 동계올림픽에서 그야말로 피겨 여신으로 등극했다. '퀸 연아', 그의 꿈은 밴쿠버 동계올림픽에서 금메달을 거머쥐는 것이었다. 어린 나이에 목표를 이룬 사람의 마음은 어떠할까? 목표가 뚜렷했기에 넘어져도 오뚝이처럼 다시 일어난 것일까?

나는 가끔 자존감이 조금 떨어지거나 지칠 때 김연아 선수가 경기하는 영상을 서너 편 본다. 완벽한 경기도 있고 그렇지 못한 경기도 있다. 프리스케이팅 경기 때는 일곱 차례 점프를 한다. 세바퀴 트리플 점프를 두 번 연속으로 이어서 하는데, 그 점프를 초반에 두 번이나 수행한다. 점프하다가 넘어지면 표정 관리를 잘 못하는 선수도 더러 있는데, 김연아 선수는 넘어지면 아무 일도 없었다는 듯이 잽싸게 다시 일어나 씩 웃으면서 다음 연기를 이어가고 마무리한다. 김연아 선수는 점프하다 넘어지면 다른 점프를 할 때 추가로 실행하지 못한 점프를 한다. 방상아 SBS 피겨 해설위원은 "우리 연아 선수, 보란 듯이 해내네요"라고 말하곤 한다. 나는 "보란 듯이"라는 표현이 마음에 든다. "보란 듯이"라고 말하면 무언가를 뻔뻔하게 시작할 수 있을 것 같은 기운이 샘솟는다. 그래서 난 아침마다 보란 듯이 살아보겠다고 다짐한다.

작년에 한남동 어느 식당에서 김연아 선수를 만났다. 식당 매니저가 "저기 김연아 선수 왔어요. 친하지 않아요? 제가 가서 인사하러 오라고 할까요?"라고 했다. "아뇨, 친하지 않고 본 적도 없는데… 제가 인사하러 가도 되는지 물어봐주세요!"라고 내가 답했다. 직접 찾아가는 것이 내 스타일이니까. 김연아 선수의 대답을 기다리는 동안 심장이 뛰었다. 내가 좋아하는 스타를 만난다는 생각에 아이돌 콘서트장에 가는 10대처럼 긴장했다. 눈 밑이 떨려 바나나를 먹곤 하지만 이렇게 떨리는 건 오랜만이었다.

김연아 선수가 인사를 해도 좋다고 했다는 이야기를 식당 매니저에게 건네 듣고, 김연아 선수를 찾아갔다. 경기장 밖의 모습은 패션지 화보를 통해 보아서 낯설지는 않았다. 1~2분가량 이야기를 나눴을까. 정말 팬이고, 경기 잘 보았고, 현역 은퇴 갈라 쇼에도 갔다는 등의 말을 하니, 김연아 선수가 "네! 알고 있어요"라고 했다. 요즘 신조어로 나는 성덕(성공한 덕후)이다. "늘 응원할게요. 식사 맛있게 하세요"라고 김연아 선수에게 말했고, 옆에 있는 김연아 선수 친구에게도 "고맙습니다"라는 인사를 하고 헤어졌다.

처음 대면한 자리에서 '나보다 어리지만 내가 많은 걸 배우고 있다'라고 미주알고주알 말할 수는 없었지만, 진지한 팬심은 전해졌으리라 믿는다. 김연아 선수가 피겨스케이팅을 하는 영상은 기분을 전환하는 데 도움을 주고, 기진맥진하거나 힘이 들 때 지침서가 된다. 그걸 보면 다시 '보란 듯이' 몸을 일으켜 세울 수 있을 것 같다.

"나를 키운 8할은 입방정이다"라고 인터뷰했던 기억이 난다. 나머지 1할은 부러운 걸 부럽다고 말하는 것이고, 또 나머지 1할은 넘어지고 실수해도 다시 아무 일이 벌어지지 않은 것처럼 '보란 듯이' 일어나는 것이다. 때로는 당당하게, 때로는 뻔뻔하게 해내는 자신감은 김연아 선수에게서 배웠다.

한창 피겨스케이팅을 배울 때, 정오가 되면 피겨스케이팅
장에서 크러쉬가 부른 〈도깨비〉 OST 〈Beautiful〉이 흘러나왔
다. 〈Beautiful〉의 선율에 맞춰 여러 동작을 연습했다. 오늘 갑
자기 그 노래가 떠오른다. 첫 소절 "It's a beautiful life." 삶은
아름답다. 지치지 않고 신나게 배운다는 것 또한 아름답다. 곧
50세가 될 텐데 그때는 또 뭘 배우지? 수근이에게 개그를 배
워볼까? 수근이가 가르쳐주지 않겠지만, 콩트부터 다시 배워
볼까?

10년 전,
10년 후

10년 전 인터뷰를 했던 모 잡지사에서 '10년 후 다시 인터뷰'를 콘셉트로 전화 인터뷰 제안을 했다. 거절할 이유는 하나도 없었다. 나를 돌보지 못했던 10년 전 시간을 되새겨본다는 건 행운이자 오래전 일기를 들춰볼 수 있는 절호의 기회였다. 먼저 잡지사에서 10년 전 인터뷰 기사를 보내주었다. 참 열심히도 살았더라, 영철이. 참 치열하게 꾸준히 성실하게 살았더라.

정확히 따지면 11년 전 나는 〈강심장〉이라는 프로그램에 출연하며 조금 주목을 받았다. 그때 나는 편집이 되어 방송에 나오지 않으면 속상해했고, 모든 게 모자라고 부족했다. 10년이 지나 내가 한 말들을 보니 그때 나는 삐친 영철이였다. 숲을 보지 않고 오롯이 나무만 보는 영철이였다. 편집이 되면

'왜 저걸 빼지?' 했던 아이, 그게 나였다.

전화 인터뷰를 요청한 에디터가 나에게 물었다. "그때랑 또 달라진 게 있나요?" 나는 거침없이 얘기했다. "라디오 방송은 훨씬 늘었고 TV 방송은 오히려 더 줄어든 거 같다"라고. 에디터는 "에이"라고 했지만, 농담으로 받든 진담으로 받든 사실이 그렇다. 두 가지를 모두 잘하면 정말 좋을 텐데 쉽지 않다.

〈아는 형님〉을 보던 시청자가 라디오를 듣고 놀랐다고 한다. 너무 잘해서. 반대로 〈김영철의 파워FM〉을 듣던 청취자가 주말에 〈아는 형님〉을 보다가 소스라치듯 놀랐다고 한다. 너무 못해서. '괜찮아, 그게 인생이야. 어차피 신은 두 가지를 동시에 잘할 수 있게끔 모든 걸 주지는 않아. 하나는 일부러라도 못하게 하지. 변명이 아니고 진짜야'라고 생각한다. 여전히 나는 뚜벅뚜벅 나의 길을 갈 테고, 〈김영철의 파워FM〉에서는 TMI 캐릭터를 살려 더 치열하게 통통 튈 것이고, 〈아는 형님〉에서는 지금처럼 큰 반전 없이 웃기는 순위에서 뒤에 있는 멤버가 되겠다. 정말 못하면 자르겠지? 그리고 또 가끔 터트리겠지?

인터뷰를 하면서 정말 10년 전으로 다시 돌아가는 기분이었다. 강제였지만 좋았다. 10년 전, 그러니까 내 나이 30대 후반. 그 잡지사에서 창간 10주년 특집으로 〈에디터에게 묻는다, 10년 전 그리고 지금〉이라는 기획 기사를 실었다. "10년 전은 싱글이었고, 지금은 혼자가 아님" "그때보다 연봉이 오름" "그땐 늘 깨지고 그랬는데 이젠 연차가 차서 혼나지는 않음" 등의 글 중에서 나를 사로잡았던 문구가 있다. "10년 전에도 꿈을 꾸던 나, 지금도 여전히 꿈을 꾸고 있음." 아, '꿈꾸는 그대'라는 말이 생생하다.

스물여섯 살에 꿈을 이룬 나는 30대 중반에도 여전히 꿈을 꾸고 있었다. 더 큰 꿈을 향해 영어 공부를 하면서. 할리우드에 가서 미국 드라마에 출연하고, 시트콤과 영화 등에 '영철 킴'이라는 이름을 새기고 싶은 꿈. 아직 큰 성과는 없지만, 그때도 그랬고 지금도 그렇다. 중간중간 멜버른 국제 코미디 페스티벌Melbourne International Comedy Festival에 참여하고 할리우드와 미팅하기도 했지만, 아직 성과가 미미하다.

하지만 나는 포기하지 않고 전화 영어 공부를 꾸준히 하며 여기저기 기웃거리고 있다. 오래전 〈라디오스타〉라는 프로그램에 출연하여, "시즌 1을 미국에서 촬영하고, 나머지 6~7개월은 한국에서 활동하고, 'See you soon' 하고 다시 미국을 간다"라고 내 꿈을 이야기했더니, 김구라 형이 특유의 톤으로 "영철아, 제발 그렇게 돼라"라고 했다. 뜬구름 잡는 꿈일 수도 있다. 그러나 오프라 윈프리가 말하지 않았는가. "당신이 할 수 있는 가장 큰 모험은 바로 당신이 꿈꿔왔던 삶을 사는 것"이라고. 연예인이 되려고 했던 것도, 나름 이름을 알린 것도 내가 할 수 있는 큰 모험이었다. 이젠 인터내셔널 코미디언이 되는 모험만을 남겨두고 있다. 사실 떨리고 긴장되고 두렵다.

문득 '10년 뒤 50대 후반은 어떨까?'라는 생각을 한다. 인터내셔널 코미디언이 되지 못할 수도 있다. 지금의 자리를 잘 지키는 것이 더 괜찮은 모험일 수도 있다. 하지만 10년 뒤에는 한국과 미국을 오가는 영철이가 되길 바란다. 그리고 그 꿈을 이루면 더 좋겠다. (될 거야, 꼭.) 혹 이루지 못하더라도 그 꿈을 꼭 가지고 있기를 바란다. 그래도 영어를 잘하는 사람으로 남아 있을 테니.

모르는 일 아닌가. 정말로 간절하면 온 우주가 도와준다고 우스갯소리로 말하지 않는가. 다시 내게 물어본다. 10년 전, 지금, 그리고 10년 뒤의 내 모습에 대해. 난 꿈을 꾸고 있었고,

여전히 꿈을 꾸고 있고, 내일도 꿈을 꿀 것이다. 그 꿈은 내 꿈이고 나만 이룰 수 있는 꿈이기에.

오래전 쓴 대본

글을 쓰다 보면 오래전 쓴 일기나 메모를 뒤져보게 된다. 파일 정리를 하다가 귀한 자료를 찾았다. 2016년 호주 멜버른 코미디 페스티벌에서 6분간 했던 공연 대본이다. 실로 몇 년 만에 다시 본 원고인지 감회가 깊었다. 달달 외웠던 원고를 다른 출연자 대본을 훔쳐보듯 읽어보았다.

여러분, 안녕하세요. 저는 한국에서 온 코미디언이에요. 제가 이름 말해도 잘 모를 거예요. 이름은 나중에 알아도 돼요. 중요한 건 제가 이 자리에 섰다는 거죠. 제 꿈이었거든요. 전 인터내셔널 코미디언이 되기 위해서 10여 년 넘게 공부했어요. 그것도 한국에서요. 영어권이 아닌 코리아에서 말이죠.

얼마 전, 그런 저에게 (휴 잭맨과 찍은 사진을 보여주며) 이분을 인터뷰할 수 있는 기회가 왔지요. (반응 보고) 저 꽤 유명해요. 너희들이 몰라서 그렇지. 어쨌든. 애니웨이. 이분은 〈독수리 에디Eddie the Eagle〉라는 영화 홍보차 한국에 왔어요. 영화 속에서 대단한 코치로 나오지요. 전 순간 재빠르게 제 얘기랑 연결해서 물어봤죠.

"휴, 이 영화 속에서 멋진 코치로 나오는데, 4월에 내가 '호주 멜버른 코미디 페스티벌' 나가는데 나에게 멋진 조언을 해준다면? 영화처럼 말이에요." 그러자 그가 놀라면서 "멜버른 코미디 페스티벌 진짜 유명한 건데?"라고 하는 거예요. "누가 호주 사람 아니랄까 봐. 나도 유명해서 나가는 거야"라고 했더니 그는 "늦은 시각에 공연하지 마라. 관객들 다 취해 있다. 너의 말귀 못 알아들을 거다"라고 하더군요. "그럼 언제 해야 해?" 물으니, 아침에 하라고 하더군요.

나 원 참. 새벽형 인간들을 위한 공연이라니… 그런데 주최 측이 저에게 밤 10시 30분 공연을 하라고 하네요. 주최 측이요. 이거 휴 잭맨이 시킨 건가요? 아니면 휴 잭맨이 멜버른 코미디 페스티벌 관계자인가요? 이분 영화배우 아니에요? 누구죠, 이분? 저 밤에 해도 돼요? 그나저나, 다들 안 취하셨죠? 제가 하는 영어 알아듣겠죠? (호주식 영어 하나 하고) Good day mate?

저 한국에서 배웠는데 잘하죠? 웃기죠? 땡큐.

아, 그리고 안 웃기면 안 웃어도 돼요. 이거 한국 방송(《나 혼자 산다》)에 나갈 건데, 요즘 한국에서 안 웃기면 안 웃기는 대로 넘어가요. 그것도 웃겨요. 트렌드예요. 믿거나 말거나…

음, 사실 첫 무대고, 영어로 이야기해야 하고, 그것도 스탠드업에, 그래서 무슨 주제로 얘기하지? 고민만, 아니 주제 생각만 한 달 동안 했어요. 이 무대에 서기로 한 뒤부터요. 주변에 물었더니, "한국인, 중국인, 일본인의 영어 악센트 차이 흉내 내라!" "외국 가수 특징 흉내 내라!"라고 하더군요. 사실 제가 흉내 좀 내거든요. 근데 다 한국 연예인 흉내만 낼 수 있어서, 여기 교포분들만 이해할 것 같아서, 뭐 할까? 고민하다가 엄마 얘기를 해보려 해요. 괜히 다른 거 말했다가 실패하고 싶지도 않고요. 마거릿 조나 외국 스탠드업 코미디언 보면 엄마 많이 팔잖아요.

사실 우리 엄마가 진짜 웃겨요. 얼마 전, 이 방송(지금 나가는 프로그램)에도 같이 출연했는데(우리 누나들도요), 저보다 더 웃긴다는 댓글 반응에 깜짝 놀랐네요. 우리 집에서 제가 제일 못 웃긴다고 하더라고요. 아무튼, 엄마 얘기예요. 거짓말같이 오늘이 한국에서 음력 3월 3일(진짜 뻥 아니고, 엄마 생신 대박!) 엄마 생일이에요. 엄마 생일 축하를 하고 싶어요. 네, 우리 엄마 이런 영상 메시지 안 좋아해요. 오직 돈, 상품권. 얼마 전에도 여행 갔다 오면서 선물로 크림을 사다 주니깐 "너나 써라" 그러더라고요. 그리고 돈 500달러 드리니까 돈만 가져가시더라고요.

우리 엄마는 안 들어요, 남의 말을! 전화 오면 제가 "엄마, 잘 지내?"라고 묻자마자, 자기 얘기만 해요. 병원 갔다 왔고, 수영할 거고, 다음 달에 중국 여행 가고, 그러다 "네는 별일 없제?"라고 물으면서, 제가 말하려고 하면 '뚜뚜뚜뚜' 바로 전화를 끊어요. "별일 없제?"가 질문이 아니라 '별일 없는 거 다 안다. 별일 있었으면 말하는 중간에 했겠지 뭐!' 내지는 '별일 없길 바라'라는 거죠.

또 저한테 다음 날 스케줄을 물어봐요. "마이 선my son, 내일 몇 시 비행기니?" 그럼 전 "10시 비행기"라고 말하죠. 그럼 우리 엄마는 계획을 짜죠. "8시에 일어나서 가볍게 조식 먹고 8시 30분에 나가면 되겠구나!" 그러다 오후쯤 갑자기 "낼 몇 시 비행기라고?" 또 물어요. 제가 아까처럼 "10시 비행기"라고 말하면 정말 데자뷔처럼 "8시에 일어나서 가볍게 조식 먹고 8시

30분에 나가면 되겠구나!" 하고 자기 일을 해요. 그러다 저녁에 밥 먹다가 갑자기, "마이 선my son, 내일 몇 시 비행기니?"라고 또 묻죠. 저도 모르게 좀 짜증이 나서 "아 놔! 10시 비행기라고! 몇 번이나 물어봐?"라고 해요. 그럼 보통 한국 엄마들은 "이 자식이 어디서 짜증을 내? 부모한테 버르장머리 없이 어디서 대들어" 하실 텐데, 우리 엄마는 "(사투리 특유의 톤) 세 번 안 물어봤나? 한 번 더 물어보면 네 번 아니니?"라고 젠틀하고 평화롭게 말해요. "내 나이 돼봐라. 열 번도 더 물을 거다. 세 번 가지고 소리를 지르다니! 곧 팔순이 코앞인 할머니가 고작 세 번 물어본 거 가지고"라고 말하죠.

엄마보다는 좀 못 웃기지만 엄마의 유전자를 받아서 제가 이 자리에 섰네요. 역시 엄마 얘기는 나쁘지 않네요. 다음, 아니 내년에 다시 온다면 그때는 엄마 이야기 2탄을 들려드릴게요. 급하면 우리 누나 얘기를 할 거예요. 그리고 여기 오기 전에 또 다른 호주 셀럽 만나서 조언 들어야죠? 휴 잭맨 말고 그때는 러셀 크로우나 니콜 키드먼, 정 안 되면 캥거루한테라도 뭐라도 물어보죠. 호주, 저의 첫 무대, 멜버른 4월 10일 영원히 기억할게요. 아, 이젠 제 이름도 기억해주세요. 김영철이에요. 곧 더 유명해질까 봐 그러는 거예요. 누가 아나요? 바이. 인조이.

운이 좋게도 나는 멜버른 코미디 페스티벌에 공식 초청된 논버블 퍼포먼스 팀 옹알스의 추천으로 참여할 수 있었다. 교포 코미디언 동생 대니 조에게 우리말로 대본을 설명하고, 영어 표현 감수를 받고, 한글 대본을 영어로 번역해 연습했다. 그리고 〈나 혼자 산다〉의 한 회 에피소드를 멜버른 코미디 페스티벌 참여 이야기로 채우기로 했다.

그런데 두 가지 걱정이 앞섰다. 외운 대본을 모두 까먹어 무대에서 아무 말도 하지 못하면 어쩌지? 6분 동안 웃음이 한 번도 안 터지면 어쩌지? 그때 담당 PD가 한 말이 "형, 안 터지거나 못 웃기는 건 걱정하지 마. 어떻게든 자막으로라도 해줄게!"였다. "그걸 어떻게?"라고 묻자 "한국 여기서나 더 웃기지, 왜 굳이 호주까지 가서 웃겨. 요즘 안 웃기는 게 트렌드야. 걱정하지 말고 무대에서 대사 까먹거나 버벅거리지만 않으면 돼!"라고 긴장하는 나를 안심시켰다.

호주에서 나는 신인 코미디언이겠지만 한국에서 나는 엄연히 17년차 베테랑 코미디언이니 유연하게 스탠드업 코미디를 마칠 수 있었다. 6분짜리 이야기가 60분처럼 길게 느껴지고 입이 바싹 말랐지만, 대본을 보고 또 보고 손으로 옮겨 적기까지 했더니 s가 있는 복수 표현도, 부정관사 a, an도 정관사 the

도 빠뜨리지 않고 정확히 말할 수 있었다. 이미 웃어주려고 온 관객들이라 웬만한 건 넘어가는 분위기여서 애드리브도 몇 번 했다.

2003년 캐나다 몬트리올 코미디 페스티벌을 다녀온 뒤 영어 공부를 시작했고, 그 덕에 2016년 호주 멜버른 코미디 페스티벌을 무사히 해낼 수 있었다. 그리고 멜버른 코미디 페스티벌에 참여한 사실을 미국 코미디 쇼 기획 팀이 보게 되었고, 2021년 미국 파일럿 프로그램 섭외를 받게 되었다. 영어를 잘하는 웃기는 놈이 되는 것이 큰 꿈이었다. 지금 나는 그 꿈에 한 발짝 다가가고 있다. 웃기지도 못하고 안 될 수도 있지만, 도전 그 자체가 즐겁다.

아주 특별한 생일

6월 23일은 내가 태어난 날이다. 생일에 미국 코미디 쇼를 촬영하러 출국했다. 미국 코미디 쇼에 첫발을 내딛는 날이 내 생일이라니! 왠지 좋은 일만 생길 것 같았다. 모든 일이 잘 풀릴 것 같았지만 한 달 내내 긴장했다. 촬영일이 꼬이면서 라디오와 TV 프로그램을 대신 진행해줄 사람을 섭외해야 했기에 모든 스태프에게 매우 미안했다. 4~5일 촬영을 하고 2주 자가 격리를 해야 해서 3주간 자리를 비우게 되었는데, 일정이 꼬이니 극도로 스트레스를 받았다.

한 명이 꿈을 이루는 과정에 많은 사람의 수고가 있구나. 여러 사람에게 피해를 주고 있다란 생각에 미안한 마음이 들었고, 불편했고, 원점으로 돌아오면 좋겠다고 생각하기도 했다. 복잡한 마음이 소용돌이쳤다. 소풍 날 장기 자랑을 한다는 생각으로 임하면 되는데, 코미디언 선발 대회에서 뽑혀야 한다는 압박감에 시달리는 듯했고 잔뜩 위축되었다.

정말이지 살면서 가장 많은 응원과 격려를 받았다. "잘할 거야" "원래대로 해" "긴장하지 마" "너답게 해"… 쏟아지는 문자와 전화에 '내가 이렇게 사랑받는 사람이구나' 싶어 감사했다. 친한 형이 긴장을 풀어준다고 조언도 해주었다.

"내가 모르는 영단어 설명할 때 눈을 위에서 아래로 내려다보면서 무시하는 거 있잖아. 장난스럽게 깔보는 표정 있잖아. 내가 의사 생활할 때 한 번도 보지 못한 표정 말이야. 촬영장에서 그냥 나 잘났다, 생각하고 무시하면서 해."

모두 먼저 기분 좋게 인사를 건네는데, 어찌 선도부가 저학년 군기를 잡듯 그렇게 눈을 아래로 깐단 말인가.

불안이 잦아들지 않은 채로 출국 전날이 되었다. 뉴욕에서 10년 정도 건축 일을 한 형이 "애틀랜타에 소풍 간다고 생각하고 와"라고 말하는 순간 마음이 편안해졌다. '소풍'은 영어로 '피크닉picnic', 고등학교를 졸업한 후 잊고 산 단어를 떠올리자 마음이 한결 가벼워졌다. '그래. 우리 인생도 긴 여행이고 소풍이지.' 넓게 펼쳐진 풀밭을 떠올리며, 촬영하다 쉴 때

먹을 샌드위치를 생각하면서 짐을 쌌다.

기내용 가방에 《야베스의 기도》라는 책을 넣었다. 이 책은 나의 미국 친구 월리스 리가 추천해준 책이다(월리스의 삼촌은 애틀랜타에 사는 목사이고, 월리스의 삼촌네는 내가 미국에 가면 당신 집에서 묵어도 된다며 친절히 나를 반겨주실 거라고 했다). 어쨌거나 인천에서 애틀랜타까지 가는 동안에 영화를 보는 대신 얇은 책 한 권을 읽으면 좋을 것 같아 이 책을 들고 갔다.

사실 이 책은 교회를 다닐 때 목사님께서 추천해주신 책이기도 했다. "영철 씨가 꾸는 꿈도 지경을 넓히는 거지요"라는 말씀을 하시며 말이다. 간절하면 이루어지니 아무 근심 걱정 하지 말라는 큰 메시지가 담긴 책인데, 책을 읽다 보니 자신감이 채워졌다. 나를 응원해주는 사람들 덕분에 나의 지경이 애틀랜타까지 넓어졌다. 그렇게 6월 23일 애틀랜타에 첫발을 내디뎠다. 소풍 가방치고는 좀 큰 캐리어를 끌고.

중요한 사람

미국이라니! 미국의 코미디 쇼라니! 오디션을 보러 갈 판국에 섭외라니! 내가 섭외된 프로그램은 한국에서 온 세 명이 미국 친구들을 속이는 몰래카메라 쇼다. 파일럿 에피소드 방송이 끝나고 정규 프로그램으로 편성이 되면 나는 다시 미국에 녹화하러 가게 된다.

줌으로 프로그램 콘셉트와 녹화일 등 여러 차례 미팅을 했고, 수순대로 계약을 했다. 미국 에이전트가 도와주었고, 1년짜리 비자('O1' 비자, 일명 아티스트 비자)를 받았고, 'SAG(Screen Actors Guild)'라는 '미국배우조합' 가입 기회를 얻었다. 〈Que Sera, Sera〉라는 노래 제목처럼 '될 대로 돼라. 뭐가 되든 되겠지'라는 이상한 자신감을 품고 비행기를 탄 지 열 시간이 지나 애틀랜타에 도착했다.

매니저 없이 혼자 씩씩하게 26인치 캐리어를 들고 입국장을 나서니, 중후한 미국인 아저씨가 '김영철'이라는 이름이 적힌 피켓을 들고 서 있었다. 리무진을 타고 극진한 대접을 받으며 호텔로 이동했다. 촬영 전날, 촬영 때 입을 의상을 확인하고 출연자 두 명과 인사했다. 두 사람은 미국에서 태어난 교포인데, 미국에 오기 열흘 전부터 카카오톡으로 통화하고 문자를 주고받았던 터라 친근했다.

그날 저녁에 출연자, 프로듀서, 제작자, 나의 에이전트 친구와 식사를 했다. 내가 첫 저녁 식사 대접을 하고 싶었는데 프로듀서인 로버트 벤 가랜트가 생일 축하한다며 밥을 사주는 게 아닌가. 로버트 벤 가랜트는 벤 스틸러 주연의 영화 〈박물관이 살아 있다〉의 각본을 맡은 작가이자 프로듀서이자 연기자이다. 나는 고맙다는 인사를 했다.

그다음 날, 촬영 한 시간 전 촬영장에 도착해 코로나19 검사(미국에서도 검사할 때 콧속을 찌름)를 하고 메이크업과 머리 손질을 했다. 미국 촬영은 한국 촬영과 다른 게 있는지 살펴보니 카메라, 시스템 등 우리나라와 큰 차이가 없어 보였다. 다만, 모든 스태프와 인사를 하고 서로 근황을 묻고 스몰 토크small talk를 하는 모습이 조금 달랐다. 삼삼오오 모여 수다를 한 시간 떠니 긴장할 틈이 없었다.

어쨌거나 첫 촬영을 무사히 마치고 나서 로버트 벤 가랜트가 나에게 말했다. "오늘 영철이 게스트에게 한 방 날린 멘트는 cathartic이었어." '칼따뤽'이라는 발음을 처음 들어봐 사전을 찾아보니 '카타르시스의'라는 뜻이었다. 오늘 내 멘트가 '짜릿하고 시원했다'는 칭찬을 들으니 어깨가 으쓱했다. 처음에는 적응하지 못할까 봐 모든 일에 칭찬해주나? 이런 생각도 들었지만, 뭐 그리 못하지도 않았고 기가 막히게 신명날 정도로 초대박을 칠 만큼은 아니었겠지만, 곧잘 한 듯하다.

처음 촬영을 할 때는 '난 아무것도 아닐 텐데. 신인일 뿐인데. 날 잘 모를 텐데. 그냥 nobody겠지?'라고 생각했다. 그런데 막상 촬영을 시작하니 내 이야기를 잘 들어주고, 영어를 잘한다고 칭찬해주고, 감독님이 한국말을 쓰면 영어 자막으로 나가니 편하게 하라고 긴장을 풀어주었다.

그런데 갑자기 촬영장에서 백남준 선생님의 일화가 떠올랐다. 백남준 선생님도 미국에 가서 성공하기 전 홍콩, 프랑스, 독일 등 여러 나라를 오가며 언어로 고생을 했을 것이다. 그런 그가 어느 날 인터뷰를 하면서 기자에게 물었다. "제 영어 다 알아듣겠어요?" 그러자 기자가 답했다. "아니요. 여전히 영어는 잘 알아듣지 못하겠지만 괜찮아요. 당신은 이미 중요한 사람이 되었어요."

그곳에서 나도 중요한 사람이었는지 모른다. nobody가 아닌 somebody였다. 그들은 〈아는 형님〉을 보고, 〈따르릉〉과 〈안 되나용〉을 듣고, 내가 호주 멜버른 코미디 페스티벌에 다녀온 사실을 모두 알고 있었다. 매일 아침, 그들은 내게 어제 잠을 몇 시간 잤는지, 잘 잤는지를 물었다. 내가 "왜 자꾸 내가 몇 시간 잤는지 물어요?"라고 하자, "한국에서 왔고 우리는 너의 시차가 걱정되니까"라며 걱정과 배려를 해주었다.

애틀랜타에 첫발을 내디뎠고, 노력해서 다음 발을 내딛고 싶다. 그때는 더 중요한 사람이 되면 좋겠지만 그렇지 않아도 상관없으니.

모든 걸 능숙하게
할 수는 없다

소믈리에 후배에게 고민을 털어놓았다. 요즘 어학 공부를 하는 게 재미가 없다고. 영어 공부는 계속하고 있고, JLPT 일본어능력시험 5급도 땄는데, 3급까지 따고 일본에서 예능도 하려고 했는데 뭔가 지루하다고. 그랬더니 후배가 프랑스어를 배워보면 어떻겠느냐고 했다.

내가 와인을 좋아하니 훗날 소믈리에 자격증 공부를 할 때도 도움이 될 거라고 했다. 프랑스 여행을 하게 되면 와이너리 투어를 해보라고도 권했다. 별안간 프랑스어로 포도 품종, 생산자 이름을 물어보는 내 모습을 상상하니 가슴이 뛰었다. 어학은 낱말 공부가 아니라 문화 공부 아니던가.

〈달려라 하니〉에 나오는 하니보다 빠르게, 나애리보다 빠르게, 프랑스어를 배울 수 있는 애플리케이션을 깔고 회원 가입을 했다. 그리고 기초 프랑스어 입문 강의를 신청하고 교재를 구입했다. 그런데 프랑스어 배우기가 쉽지 않았다. 금방 흥미가 떨어졌다. 일본어를 하다가 그만둔 게 생각나기도 했다. 전 애인과 찝찝하게 끝이 난 뒤 완벽하게 정리하지 못한 듯한 기분이 들었다.

무언가를 시작하면 최선을 다하는 나이지만, 프랑스어 배우기를 금방 포기했다. 일본어 배우기도 흐지부지되었다. '모든 걸 잘할 수는 없지'라는 생각이 들었다. 하나에 집중하기에도 시간이 부족한데 여러 가지를 한꺼번에 하려니 머릿속이 과부하가 걸린 듯했다. 그러던 중 영어 관련 일을 해보자고 제안이 들어왔다. '그래, 나는 영어로 승부를 걸어야겠어'라고 생각했다. 나는 영어 공부를 할 팔자였다.

거꾸로 시간을
되짚어보니

나이가 드니 살아온 시간을 찬찬히 되돌아보게 된다. 그러다 불현듯 후회하고 머리를 쥐어뜯기도 한다. '아, 다시 돌아갈 수 있다면 그러지 않을 텐데' 하는 생각도 든다. '아, 그때 참 내가 말이야'라고 나 자신에게 말을 걸다가 10년 전, 20년 전, 30년 전으로 거슬러 올라가게 된다.

40년 전, 초등학교 1학년 때 기억은 상당히 많이 휘발되어 슬프다. 반장을 했고, "차렷! 경례"를 외쳤고, 담임선생님이 모 말녀 선생님이었다는 기억은 선명하다. 다만 반 친구들과 함께한 기억은 흐릿해졌다. 고향 친구들을 불러서 이야기를 들으면 그때 어떤 일이 있었는지 알 수 있겠지만 말이다. 초등학교 2학년 때 기억은 가물가물하고, 3학년 때 기억은 드문드문 떠오른다. 몇 년 전 후쿠오카 공항에서 초등학교 3학년 때 담임선생님이었던 김부자 선생님을 만났다. 38년 전 만남을 서로 기억해낸 건 신기한 일이다.

30년 전, 고등학교 2학년 때 부모님이 이혼했다. 내가 가장 예민했던 시기다. 슬픔을 들키지 않으려고 많이 웃었다. 공부해서 학자가 되기보다 방송에 나오는 연예인이 되겠다는 꿈을 키웠다. 라디오 프로그램에 보낸 사연이 소개되어서 학교에서 스타 대접을 받았다. 라디오에서 흘러나오는 음악을 카세트테이프에 녹음하고, 그걸 소풍 가서 틀어 장기 자랑을 하는 데 사용했다. 수학은 일찌감치 포기해서 수학 시간에 영단어 외우기에 바빴고, 과학을 잘하지 못했다. 지금 라디오 방송할 때 과학 관련 이야기가 나오면 그때 공부 좀 해놓을걸 하는 후회가 든다.

20년 전, 스물여덟 살이었다. 첫 장거리 여행을 했고, 본격적으로 서울 생활을 시작했고, 연남동 근처에 첫 전셋집을 마련해서 애숙이 누나와 살았고, 애숙이 누나가 나를 뒷바라지해줬다. 그 시절 신촌, 홍대, 여의도를 오가며 열심히 일했다. 그때도 여전히 사랑할 줄 몰랐고 고백에 서툴러 좋아하는 사람 앞에서 쭈뼛쭈뼛했다. 집안의 가장으로서 돈을 벌어야 한다는 책임감이 컸다. 1999년에 데뷔해 코미디언 3년 차가 되어 슬럼프가 찾아왔다. 고향에 내려가야 하나 하는 생각까지 했다. 고향, 가족, 친구를 향한 그리움을 참았다. 그때의 인내가 지금의 나를 만들었다. 젊은 혈기로 으쌰! 으쌰! 힘을 내어 달리다 보니 서른 살이 되었다. 그때 김광석의 〈서른 즈음에〉를 억지로 들으며 '내가 벌써 서른? 징그러!' 하다 보니 서른이 훌쩍 넘어갔다.

10년 전, 서른여덟 살이었다. 〈강심장〉 덕분에 SBS연예대상 만능 엔터테이너상을 수상했다. 그다음 해 SBS에서 〈김영철의 편편 투데이〉 라디오 DJ를 맡았다. 예능 프로그램에서 큰 화제를 일으키진 못했지만 나름 고군분투했다. 영어 공부를 더 해야 하나 싶어 유학을 다녀올까 고민했더니, "갔다 와서 어쩌게? 교육 방송에서 영어 선생님 할 거야? 어디 하버드 대학이라도 갈 거야? 유학 갔다 오면 네가 하는 영어 기대치가 올라가서 완전 잘해야 해. 유학 가지 말고 여기서 영어 가끔 틀려가며 쓰고, 다리품 팔아가며 영어 학원 다니면서, 부지런하게 배우면서 방송하는 게 더 보기 좋아. 가지 마!" 했던 선희 누나에게 감사의 말을 전한다. 누나가 시킨 대로 여전히 틀려가며 아직도 배우고 있다. 10년 전 영어 능력과 지금의 영어 능력이 큰 차이가 없는 것 같기도 하고, 조금 실력이 는 것 같기도 하다. 《일단, 시작해》라는 책을 쓰기 시작했고, 서른아홉 살에 출간했다. 책에 쓴 아버지 이야기는 한 번의 만남으로 모든 걸 다 용서하고 화해한 듯했다. 그런데 지금은 그렇지 못하고, 오히려 그때가 지금보다 더 어른스러웠던 것 같다. 그때나 지금이나 나는 씩씩하지만, 여전히 겁도 많고 무서움도 많다.

앞으로 10년 후, 나는 어떤 모습일까? 머리숱은 줄어들 테고, 주름살은 늘어날 테고, 더 홀쭉해질지 뚱뚱해질지는 모르겠다. 다만 내적으로 성장한 내가 기대된다. 그리고 여전히 꿈꾸고 있기를 바란다. 꿈꾸는 자는 언제나 젊고, 꿈을 상실한 자는 늙어가는 거니까. 내가 꿈을 이뤘다면 다른 이가 꿈을 꿀 수 있도록 긍정적인 에너지를 전파하는 사람이면 좋겠다.

2032년이 빨리 왔으면 좋겠다.

차근차근
해낼 수 있는 것부터

라디오 방송을 하다 보면 고민 상담을 요청하는 사연을 자주 접한다. "회사 가기 싫어요!" "부장님 꼴 보기 싫어요!" "워킹맘이라 힘든데 어떻게 해야 하나요?" 수많은 고민이 담긴 사연을 읽을 때마다 누구나 저마다의 슬픔과 불행을 안고 살고, 저마다의 속도로 슬픔과 불행을 이겨낸다는 걸 느낀다. 그러던 어느 날, 한 청취자가 "저는 잘하는 게 하나도 없어요"라고 문자를 보냈다.

한때 나의 고민은 '내가 잘하는 게 뭘까?'였다. 곰곰 생각해보니 나는 일찍 일어나는 걸 잘한다. 알람시계 두 개 때문만은 아니다. 습관이 되어서다. 누군가 '아침 일찍 일어나는 게 자신 있어, 웃기는 게 자신 있어?'라고 물으면 답은 정해져 있다. 웃기는 건 타인에 의해 결정되는데 일어나는 건 내가 결정하는 것이기에, 나는 일찍 일어나는 게 더 자신 있다. (물론 나도 이불 속에서 느긋하게 쉬고 싶을 때도 있다. 사실, 동절기에는 일찍 일어나기가 힘들다. 추우면 몸이 움츠러들고 따뜻한 곳을 찾게 되는데, 가장 안온한 곳이 이불 속이니까.)

잘 찾아보면 누구나 잘하는 게 있다. 무언가 장점을 찾아보고 꾸준히 길게 최선을 다하면 최고가 된다. 나는 19년째 영어 공부를 하고 있다. 내가 영어 공부를 꾸준히 하는 이유는 누차 말했듯, 할리우드에 가서 시트콤에 출연하여 세계적인 코미디언이 되고 싶기 때문이다. 꿈을 이루고 싶어서 공부하고 있는데, 가끔 어떤 분이 나에게 "안 이루어지면 어떡해?"라고 묻는다. 그러면 나는 '안 이루어지면 어때!'라고 속으로 답한다. 안 이루어져도 영어를 잘하는 사람이 된 거니까. 그리고 얼마 전, 영어 유튜브 채널 〈김영철의 아는 영어〉를 오픈했다.

하고 싶은 걸 하다 보면 잘하는 게 된다. 하고 싶으면 그냥 하면 된다. 인스타그램을 자주 사용하다 보면 인스타그램을 잘하게 되고, 라디오가 좋아 계속 듣다 보면 음악과 노래와 시사 상식이 풍부해지고, 그렇게 조금은 잘하는 게 생긴다. 나는 배우고 싶은 게 있으면 일단 배워본다. 배우다가 재밌으면 열심히 해본다. 그러다 보면 배우고 싶은 게 할 수 있는 게 되고 잘하는 게 된다. 지금도 여전히 '내가 그래도 잘하는 게 뭘까?' 고민하는 분들에게, 이렇게 말하고 싶다. 그래도 내가 몇 번 해보았던 것, 그나마 내가 해낼 수 있는 것부터 시작해보라고.

4장.   사람

당신이 있어 내가 있다

건조한 배려가
필요하다

엘리베이터에서 일어난 일이다. 같은 아파트 같은 동에 사는 이웃집 아주머니를 만났다. 여기는 서울이고 캘리포니아가 아니니까 'What's up'이라고 말할 순 없고, "안녕하세요"라고 상냥하게 눈인사를 했다. 그러자 아주머니의 답례는 "아니, 장가 안 가요?"였다. 'Good morning. How are you?'를 기대한 건 아니었다. '안녕하세요?'엔 '안녕하세요!'라는 응답이 정석 아닌가. '어디 가시나 봐요?'라고 친근감을 드러내거나. 그런데 이건 어느 나라 인사법일까.

언제나 그래왔듯 수순대로 "아, 네. 가야죠!"라고 말했다. 그러면 늘 코스 요리처럼 다음 말이 따라온다.

"눈이 너무 높은 거 아냐?"

"만나는 사람 있죠?"

"빨리 가요, 한 살이라도 어릴 적에!"

그러다 "내가 소개시켜줄까?" 이런 전개가 보편적이다. 그런데 대뜸 아주머니가 나를 도발했다.

"어디 문제 있는 거 아니야?"

처음 듣는 말이었다. 센 톤이라서 놀랐고 솔직히 기분이 나빴다. 침묵할 수도 있었지만, 나는 그 말을 받아쳤다. "네, 저 문제 있어요!" 내가 할 수 있는 유일한 대응이었다. 순간 엘리베이터에 정적이 흘렀다. 아주머니는 재치 있는 반응이나 유머를 기대했을까. 하지만 그 순간 나는 매우 불쾌했다. 무례함 앞에서 유쾌하게 대응하지 않는 건 당연한 일이다. 아주머니는 내 말에 놀랐는지 미안했는지 얼굴을 피했다.

엘리베이터가 1층에 도착하기까지 우리는 이별하는 커플처럼 아무 말도 하지 않았다. 누가 먼저 밖으로 나갔는지는 기억나지 않는다. 우리는 말을 잇지 않았고 그렇게 헤어졌다.

그날 이후 그 아주머니를 본 적도 없고 볼 수도 없었다. '방송국에서 나를 당황시키려고 꾸민 몰래카메라였나? 무슨 일이 있어서 심술부렸나? 미안해서 이사 갔나?' 별의별 생각을 다 해보았다.

그날 그 말을 떠올리면 '어쩜 저렇게 배려 없는 말을 했을까? 내가 자식이라도 똑같이 말했을까?'라는 생각이 든다. 우리 엄마에게도 들어본 적이 없는 말이다.

그 일이 있고 나서 얼마 후, 우연히 김은령 편집장의 《밥보다 책》을 읽는데 그 책에 '드라이한 배려'에 관한 구절이 나왔다. 결혼한 지 오래된 부부에게 '왜 애는 없어요?'라고 그렇게들 물어본단다. 남편과 아내 모두 아이를 갖지 않기로 결정했고 아이가 없어도 행복한데. 그럼에도 줄기차게, 가열하게! 묻는단다.

책을 읽는데 그때 그 엘리베이터 사건이 떠올랐다. 박진영은 〈엘리베이터〉 안에서 사랑을 했는데, 나는 혼나고 기분만 상했다. 하하하 웃을 뿐.

슬하에 아들 한 명을 둔 코미디언 후배에게 아파트 주민들이 시도 때도 없이 묻는다고 한다. "둘째는 언제 가져요?" 그래서 하루는 "저 묶었어요"라고 했더니 순식간에 분위기가 얼음장이 됐다고 한다. 꼭 이렇게 정색을 해야 배려 없는 질문을 멈출 것인가.

또 슬하에 딸 두 명을 둔 코미디언 선배에게는 사람들이 이렇게 묻는다고 한다. "아들은 안 낳아? 왜 딸만 둘이야?" 어느 날, 선배가 "딸 앞에서 무슨 말씀이세요?"라고 했더니 한 사람이 "아들 낳아, 아들. 딸 필요 없어"라고 전혀 굴하지 않고 강력하게 언성을 높였다고 한다. 왜들 그러실까. 꼭 아들이 있어야만 하는 것일까. 아들이 있어야 저 질문을 피할 수 있는 것일까. 하하하 웃을 뿐.

관심과 간섭은 다르다. 뭐가 그리도 궁금할까. 누가 이혼했으면 '뭐, 했나 보다'라고 생각하면 된다. 친한 사람이라면 한 번 안아주면 된다. '좀 더 참고 살지 그랬니? 요즘 이혼은 흠도 아냐'라고 말하고 싶어도 참으면 된다. 쓸데없는 말은 입안에 넣어두면 된다.

결혼하면 '왜 이제 하냐?'라고 묻지 말고, '정말 축하해'라고 말하면 된다. 아들이든 딸이든 낳으면 '아이고, 고생했다. 잘했다'라고 토닥이고, 쌍둥이를 낳으면 '어머나 이게 머선 일이고!'라고 웃어주면 된다. 각자의 처지와 상황에 대한 '건조한 배려'가 필요하다. 물을 주지 않아 말라비틀어진 화분 속 흙 같은 '말라비틀어진 배려'가 아닌, 적당한 수분을 머금은 '건조한 배려'가 절실하다.

영국인들은 흐린 날씨 때문인지 날씨 이야기로 대화를 시작한다. 내가 만난 미국인들은 낯선 이에게 공통점을 찾아 말을 건다. "뉴욕 양키스 좋아해요?" 이렇게 말이다. 그런데 생각해보니 궁금하기도 하겠다. 중년이 된 내가 왜 홀로 사는지. 결혼을 못한 건지 안 한 건지. 잘 모르겠지만 혼자 재밌게 살고 있다는 사실은 분명하다. 이 글을 읽고 또 누군가가 나에게 물을 것 같다. '영철아, 〈건조한 배려가 필요하다〉란 글 잘 읽었어. 근데 그거 읽으면서 진짜 더 궁금해서 그러는데 왜 결혼을 안 하니?' 왜 결혼 안 하느냐는 질문에 센스 있게 응수한 애숙이 누나의 답이 떠오른다.

"마, 한 번 갔다 왔다 생각하소."

냉장고를 채우는
이유 하나

몇 명에게 선물할 겸 집에서 마실 겸, 와인 장터에서 할인하는 와인을 샀다. 들고 오기엔 무거워서 아파트 현관문 앞까지 배달을 시켰다. "택밴데요. 거기 **아파트 ****호죠? 2시 20분쯤 도착할 거예요, 집에 계세요?"라는 전화에 평상시 톤으로 '현관문 앞에 놔주시면 제가 바로 가져갈게요!'라고 말하려는 순간, "1층 내려와서 받아가세요"라는 말이 이어졌다. "네?"라고 반문을 하자 택배 기사님이 "내가 지금 올라갈 힘이 없어요. 배고파서 짐을 들고 갈 힘이 없어서 그래요"라고 고래고래 소리를 질렀다. 10초간 정적이 흘렀다.

솔직하게 말하면 나는 겁이 많다. 어릴 적부터 누군가가 내게 소리를 지르면 바르르 떨거나 긴장해서 제대로 말을 하지 못했다. 이런 상황이 무서웠다. 이런 순간을 어떻게 극복해야 할까? 싸움을 해보지 않은 나는 되받아칠 용기가 없었다.

10초 동안 생각했다. '어떻게 평화롭게 끝맺지…' 택배 기사님이 먼저 톤을 낮춰 "여보세요?"라고 했고, 나는 떨리는 목소리로 "저기… 원래, 와인 매장에서, 집 앞, 아니 현관문까지 가져다주기로 계약했는데요?"라고 말했다. 계약이라니… 상황이 꼬이면 엉뚱한 단어를 쓰게 되지 않는가.

가수 KCM에게 들은 이야기가 떠올랐다. KCM이 결혼식 축가를 부르고 식장에서 나오려고 하는데 앙코르가 막 나왔다. 결혼식 주최 측 관계자가 "한 곡 더 불러주시면 안 될까요?"라고 하자, 매니저가 "CD를 준비하지 못했고, 두 곡을 부른 판례가 없습니다"라고 했다. 사례가 아니라 판례라니… 나도 거기서 계약이라니!

그냥 와인 가게 사장과 문 앞에 놔두기로 했다, 정도로 말해야 했는데… 그러자 그분이 "못 내려와요? 내가 배가 고파서 못 올라가겠어요"라고 다시 한번 말했다. 손과 살이 떨렸지만 나는 그래도 이 말은 해야겠기에 "기사님, 그렇게 화를 내시면 어떡해요? 그리고 제가 물건 끄는 것도 없고 그 많은 박스를 제가 혼자 어떻게…" '핸드 카트'라는 말도 떠오르지 않았다.

택배 기사님은 진정이 되었는지 "제가 화를 냈다면 죄송해요. 오후 2시 20분에서 30분쯤 갖고 올라갈게요. 집에 계시는 거죠?"라고 했다. "네, 문 앞에 놔두시면 됩니다. 감사합니다" 하고 전화를 끊었는데, 심장이 쿵쾅쿵쾅 뛰었다. 본래 심장 박동 수를 되찾기까지 한참이 걸렸다. '왜 나에게 이런 일이!'라고 생각을 하다가 침착함을 되찾으면서, 갑자기 한 문장이 떠올랐다. "배가 고파서 그래요."

배가 고프다는 말을 어찌 지나치겠는가.

누구나 공평한 허기가 있다. 밥 먹을 때를 지나치거나, 첫 끼니를 먹지 못한 오후 1~2시경에는 당연히 배가 고프다. 배가 고프면 예민해지지 않는가. 살 떨리던 긴장감에서 갑자기 내가 먼저 달려간 곳은 냉장고였다. 짭짤이 토마토, 샤인머스캣, 자몽을 종이 가방에 담았다. 압력밥솥에 밥을 하기에는 시간이 충분하지가 않았다. 어제 반찬 가게에서 사온 잡채가 있어, 전자레인지에 3~4분가량 데웠다. 나무젓가락이 없어 그냥 집에 있는 젓가락을 챙기고, 락앤락 통에 잡채를 담았다. 냉동실에 있는 로제 파스타, 떡튀순, 밀키트, 물을 일단 담았다.

처음엔 마치 갑자기 찾아온 어려운 손님에 당황해서 어쩔수 없이 분주하게 움직여야 하는 모양새였다면, 점점 큰 가방에 음식들을 담으면서 기다리는 가족의 저녁을 준비하는 설렘으로 신이 나서 주방 안을 이리저리 움직였다. 한 20~30분 남은 듯했다. 그리고 편지도 썼다. (그렇게 소리를 질러선 안 된다, 전화 매너를 지켜야 한다, 이런 이야기는 절대 적지 않았다.)

"기사님, 배가 고프시다는 말씀에 제가 마음이 좀 편치 않았어요. 집에 있는 게 과일하고 잡채랑 이런 것밖에 없네요. 이동하시기 전, 음식이 따뜻할 때 꼭 드시고 일하셔요. 젓가락과 반찬통은 돌려주시지 않아도 되고요. 되도록 식사는 거르지 마세요. 좋은 오후 되세요!"

편지와 함께 음식을 담은 종이 가방을 현관문 앞에 놔두었다.

잠시 후 띵동! 벨이 울렸다. 문을 열어 "아저씨, 거기 놔두시면 되고요, 이거 잡채랑 좀 드세요" 하고 말했더니, 볼멘소리로 격앙됐던 톤은 다 사라진 채 "이게 뭐예요?"라며 택배 기사님이 너무 미안해하셨다. "그냥 드시면 돼요. 근데, 식사를 못 하셨어요?"라는 내 말에, 택배 기사님은 한 박자 쉬고 고개를 살짝 숙이면서 "네에"라고 하셨다.

50대 중반으로 보이는 아저씨였다. 마스크를 꼈지만 택배 기사님이 나를 알아보고는 "어? 아… 안녕하세요!"라고 하셔서 서로 가벼운 인사를 나누었다. "아저씨, 고생이 많으세요.

그거 드시고 이동하세요!"라는 말을 끝으로 우리는 헤어졌다.

현관문을 닫고 거실에 멈춰 섰다. "배가 고파서요"라는 말이 귓가에 맴돌았다. 야간 자율학습을 한 뒤 집에 가서 엄마에게 "왜 먹을 게 하나도 없냐!"라고 투정을 부린 날이 떠올랐다. 분식집에서 친구들이 먼저 음식을 먹고 있으면 나도 모르게 "아이 씨, 같이 먹기로 했잖아!"라고 고함을 지르기도 했었다.

그날 나는 허기가 질 때 본능적으로 나오는 목소리를 들었다. 내가 음식을 챙겨 택배 기사님께 드리지 않았다면, 종일 불편한 마음을 품고 있을 뻔했다. 택배 기사님과 인사를 하고 나니 마음이 편했다. 와인을 기분 좋게 마실 수 있었다.

어릴 적, 집배원 아저씨가 우리 집에 오시면 과일과 음료수를 드시고 가곤 했다. 엄마는 냉장고 두 대에 음식을 가득 채워두었는데, 아마도 허기진 이웃이 집에 오면 베풀기 위해서였던 것 같다. 그날 내가 택배 기사님의 허기진 목소리를 듣고 냉장고 문을 열어 음식을 챙긴 건, 100퍼센트 엄마에게 보고 배운 본능적인 행동이었다.

냉장고 문을 다시 열어보았다. 먹을 게 넘쳐날 정도는 아니더라도 비상시를 대비해서 적당히 음식을 채워두어야겠다. 빵

이며 간식 같은 것들도 함께 말이다. 그리고 쿠팡으로 핸드 카

트를 주문했다. 이건 나와 모두를 위한 일이니까.

무례하지 않은 말

기분 좋은 충고가 있다. 토크쇼를 할 때였다. 게스트가 어떤 단어가 떠오르지 않아 멈칫할 때, 내가 게스트를 도와준답시고 "아, 그거?"라고 말한 적이 있다. 그 단어는 토크를 살릴 수도 죽일 수도 있는 결정적인 단어였고, 게스트가 스스로 생각해서 말했어야 했는데 내가 말해버린 것이다. 쉬는 시간에 선배가 나에게 이렇게 충고를 했다.

"우리 영철이 정말 잘하고 있는데, 아까 그 말은 게스트에게서 나와야 했어. 도와주는 거 잘했고, 결국 그가 말하게 유도한 것도 잘했는데, 토크쇼에서는 게스트가 패널보다 말을 많이 하는 게 중요하니까. 그런데 우리 영철이 아주 잘했어. 선배인 내 말이 다 옳지는 않지만, 난 그렇게 생각해."

선배의 말을 듣자마자 내가 인정받고 존중받고 있다는 생각이 들었다.

반면 상대방을 언짢게 만드는 충고가 있다. 몇 년 전 내가 예능에서 활약하고 있을 때, 한 선배가 이런 문자를 보냈다. "재밌게 잘 보고 있다. 웃기다." 이 문자만 보냈으면 얼마나 좋았을까. "잘나가서 보기 좋다. 하지만 조만간 힘들어지고 우울해질 거야. 그럼 그때 꼭 나한테 이야기해. 내가 어떻게 해야 하는지 알려줄게." 뒤이어 보낸 문자에 약이 올랐다.

유머였을까? 질투였을까? 절정에서 곧 떨어질 준비를 하라는 뜻이었을까? 내가 우울해질 걸 감지한 걱정이었을까? 노파심이었겠지? 어쨌거나 기분이 묘했다. 좋은 감정은 아니었다. 그래서 "걱정해줘서 고마워요. 하지만 힘들면 하나님께 이야기할게요"라고 답장을 보냈더니, 선배가 "ㅋㅋㅋ 센 척하기는"이라고 다시 답장을 보내왔다.

2017년 4월, 전용기를 타고 독일을 순방할 기회가 생겼다. 청와대에서 연락이 왔고, G20 정상회의 참석차 독일을 방문하는 대통령과 함께 전용기에 탑승했다. 그때 나는 독일 동포 오찬 간담회에서 청와대 부대변인과 사회를 맡았다. 그날 간담회에서 〈따르릉〉을 불렀다.

베를린에 도착하고 정말 많은 문자를 받았다. "출세했다" "잘하고 와라" "가문의 영광이겠다"라는 부러움과 응원이 섞인 문자도 받았고, "너 정권 바뀌면 어쩌려고?" 하는 새가슴 같은 귀여운 문자도 받았다. 그중 이런 문자가 기억난다.

"정신 차려. 정치적인 일에 휘말리면 안 돼. 방송에서 절대 하면 안 되는 이야기가 전 여자 친구 이야기와 정치 이야기인 줄 몰라? 영철아, 제발 철 좀 들어라. 철 좀."

이 문자를 보고 여러 생각이 들었다. '나는 그저 순수한 목적으로 전용기를 타도, 누군가는 오해할 수 있겠구나. 아니, 오해를 만들 수 있겠구나.'

나는 되도록 후배들에게 충고나 조언을 하지 않으려고 하고, 후배들을 평가하거나 판단하지 않으려고 애쓴다. 그런데 그런 말을 하지 않으면 후배들이 관심을 주지 않는다고 느끼고 나를 차가운 사람으로 여길까 봐 고민이 될 때가 있다.

그래서 아주 가끔 후배들이 활약할 때, "정말 재밌게 잘 보고 있어. 진짜 잘한다. 역시 짱짱짱" 하고 응원 문자를 보낸다. 물론 '저기선 저렇게 해보지 그랬니?'라고 조언을 건네고 싶을 때도 있지만, 되도록 그런 조언을 꺼내지 않으려고 노력한다.

문득 충고란 무엇인가 생각해본다. 반발심보다 고마움이 먼저 드는 말, 도움이 되기는 힘들어도 무례하지는 않은 말, 상대방을 존중하는 태도로 걱정해서 하는 말, 그리하여 충고를 듣는 사람이 힘을 내어 앞으로 나아가게 만드는 말이 아닐까.

미워하는 마음,
좋아하는 마음

모두에게 미움받는 사람도 없고, 모두에게 사랑받는 사람도 없다. 미워하는 마음과 좋아하는 마음은 언제나 균형을 찾는다. 엘레나 페란테의 소설 《나의 눈부신 친구》를 읽다가, 어쩌면 우리는 서로를 힘들게 하는 운명을 타고났는지도 모르겠다는 생각을 했다. 사람을 구원하는 건 사람이지만 사람을 괴롭히는 것도 사람일 때가 많다. 문득 내가 힘들게 한 이, 나를 힘들게 한 이를 떠올렸다.

신인 시절, 녹화 시작하기 10분 전에 허리에 마이크를 차는데 유난히 이러쿵저러쿵 지적하는 선배가 있었다. 그 선배는 리허설을 할 때 잘못한 걸 지적하면서 본인이 대사를 치면 이렇게 받아달라고 이야기하는 등, 자신감을 갖고 녹화를 해도 떨리는 지경이었던 날 더 주눅 들게 만들었다.

나를 미워하는 사람에게 '제발 나를 미워하지 말아달라'라고 이야기하는 건 그다지 도움이 되지 않는다. 나를 미워하는 사람에 대한 나의 대처법은 일단 받아들이고, 마음 아파하고, '나는 당신이 생각하는 그런 사람이 아니다'라고 수십 번 반복하는 것. 최근에는 명상하면서 마음 수련을 하고 있는데, 그때 나를 미워하는 사람을 비워낸다. 그리고 좋아하는 사람을 떠올리며 위안을 받는다. 누군가가 나를 미워한다고 세상이 무너질 듯 힘들어하지 않는다.

예전에 은이 선배가 방송에서 했던 말이 떠오른다.

"우리 김영철은 단점도 있지만, 장점 하나가 정말 커요."

진행자가 "장점이 뭐예요?"라고 묻자, 선배가 "장점은 정말 긍정적이에요. 진짜 매사가 긍정이에요"라고 답했다. 다시 진행자가 "그럼 단점은요?"라고 묻자, "단점은 정말 시끄럽고 말도 많고… 진짜 시끄러운데… 긍정적이에요"라고 말했다. 단점보다 장점을 더 크게 봐주는 사람 덕분에 내가 나로서 살 수 있다.

나를 좋아해주는 사람과 일한다는 건 기쁜 일이고 무한한 영광이다. 반면 나를 썩 좋아하지 않는 사람과 일을 할 때는 불편하고 어떻게 그를 대해야 할지 고민이 된다. 모든 사람이 나를 좋아한다는 건 이상한 일이다. 그런 사람이 있다면 그는 기계와 같을 것이다.

내가 아무리 노력하고 발버둥을 쳐도, 열 명 중 두 명은 나를 싫어하고, 일곱 명은 나에게 큰 관심이 없고, 한 명이 나를 좋아한다는 사실을 알기까지 참 긴 시간이 걸렸다. 나를 온전히 사랑해주는 단 한 사람, 욕심을 부려 말하거니와 그런 사람이 몇 사람만 있어도 인생이 행복하다는 것을 이제는 안다.

헛말 방지 대책

오랜만에 사람을 만났을 때 할 말이 딱히 없어서 헛말을 하는 경우가 있다. 서먹서먹한 분위기를 깨트리고자 친한 척하며 뱉은 말이 상대의 기분을 상하게 하기도 한다. 그래서 첫 질문을 누가 어떻게 하느냐가 중요하다. 상대의 얼굴을 보자마자 '쌍수하셨어요?' 이렇게 물으면 기분이 어떻겠는가.

상대가 쌍꺼풀 수술을 한 게 확실해 보인다고 치자. 그가 먼저 "저 쌍수했어요"라고 말하기 전에 쌍꺼풀 수술을 했는지 묻는 건 실례 아닌가. 상식적으로 불편해하고 모른 척 넘어가길 바랄 텐데… 국가 기밀문서에서 본 내용을 죽을 때까지 함구해야 하는 것처럼 입을 다물어야 하는데 꼭 오지랖을 떠는 사람이 있다. 쌍꺼풀 수술을 한 게 확실해 보이는데 상대가 안 했다고 하면 그냥 넘어가면 되지, 그가 쌍꺼풀 수술을 했다고 실토할 때까지 끝까지 묻는 사람도 있다.

차라리 날씨 이야기를 하는 게 낫지 않을까. '오늘, 날이 춥
네요.' '곧 비가 내린다네요.' '참 곱게 낙엽이 떨어졌어요' 하
고 말이다. '코로나로 외출도 못 하고 어떻게 지내세요?' '옷
컬러 예쁘네요. 저랑 같은 컬러네요. 커플티네요.' 분위기를 좋
게 만들 말은 무수히 많다.

나는 카페에서 미팅을 하면 이런 살얼음 깨지는 듯한 분위
기를 만들지 않으려고 이렇게 말하곤 한다.

"커피랑 차 주문 먼저 할까요? 전 따아, 따뜻한 아메리카노
요. 전 여름에도 늘 따뜻하게 마셔요. 원래 이탈리아 이런 데
에는 아이스 아메리카노가 없대요."

여유가 있다면 "일본에서는 여름에도 긴 셔츠를 입는 사람
이 많아요. 원래 셔츠는 길게 입는 거고, 여름에는 긴 셔츠를
접어서 입는 거래요. 커피도 따뜻하게 마시는 거고요"라고 말
을 잇는다.

입은 옷에 대한 칭찬, 소유한 물건에 대한 칭찬, 칭찬은 헛
말을 방지하는 데 도움을 준다. 단, 성인지 감수성을 가지고

칭찬해야 한다.《칭찬은 고래도 춤추게 한다》는 책도 있지 않은가.

오랜만에 만난 상대의 자존감을 세워주는 말은 언제나 옳다. 단, 아부를 떨듯 말하면 진정성이 떨어지니 진심을 담아 말해야겠다.

지켜야 할 선

내가 30대 초반이었을 때 이야기다. 세 명이 중식당에 갔다. 탕수육 대자를 시키면 다른 음식을 시키기가 부담스러워, 중자를 시키고 다른 음식을 추가했다. 나름 유머라고 생각하고 "자장면 두 개, 짬뽕 하나, 탕수육 대자 같은 중자요"라고 하니, 사장님이 "대자요, 중자요?"라고 볼멘소리를 했다. "중…자요." 바로 꼬리를 내리니 사장님이 뒤도 보지 않고 갔다. 사장님의 퉁명스러운 태도에 우리 셋이 "원래 유머 감각이 없다" "아냐, 어제 부부 싸움 했나 봐" "널 못 알아봤나 보다"라는 말을 주고받았던 기억이 난다.

지금의 나라면 저런 말도 하지 않았겠고, 내가 주인이었다면 "대자 같은 중자인데, 야채 많이 넣어도 되지?"라고 맞받아쳤을 텐데… 어쨌든 식당에는 대·중·소가 있고 사이즈에 대한 서로의 생각은 좁혀지지 않을 뿐.

이 중식당 이야기를 듣고 코미디언 후배가 자기 이야기를 들려줬다. 떡볶이 가게에 가서 어묵 한 개, 순대 1인분, 떡볶이 1인분을 시키며 "사장님, 양 좀 많이 주세요"라고 말했더니, "양이 정해져 있는데 어떻게 더 드려요?"라는 대답이 되돌아왔단다. 알고 보니 떡볶이는 정량제였다. 1인분 안에 들어가는 떡과 어묵의 개수가 정해져 있었다. 사장님 입장에서는 양을 더 달라는 손님들이 너무하다는 생각이 들고, 손님 입장에서는 조금 더 받고 싶은 마음이 있다. 누구의 잘못도 아니다. 어디 가나 양에 대한 서로의 간극이 좁혀지지 않을 뿐.

조카가 소바집에서 아르바이트를 할 때의 일이다. 30대 후반쯤으로 보이는 손님이 면이 부족했는지 면을 조금 더 달라고 했다. 조카는 매뉴얼대로 "면 추가는 되지 않고 한 그릇을 더 주문하셔야 합니다"라고 예의 바르게 말한 뒤 면 추가가 왜 되지 않는지 설명하려고 하는데, 대뜸 손님이 "여기 한국이야. 여기가 일본이야?"라고 말하며 윽박질렀다. 이 이야기는 간극이 아닌 촌극에 가깝다.

그런 손님에게는 '여기 한국인데 일본 식당이에요'라고 말하며 한 방을 먹여야 했는데, 조카는 주눅이 들어 화장실에서 눈물을 닦았을 뿐이다. 세상에서 가장 어리석은 사람이 아르바이트하는 사람에게 이 가게 맛없다고 하소연하는 사람 아닌가. 불만이 있으면 주인장에게 호소하는 게 그나마 낫다.

나의 고향 친구들은 횟집을 한다. 그들은 정오부터 오후 3시까지 점심 영업을 하고, 오후 3시부터 5시까지 브레이크 타임을 정해 점심 먹으며 쉬면서 다음 영업을 준비하고, 오후 5시부터 10시까지 저녁 영업을 하는데, 오후 2시 이후 느지막이 와서 오후 5시에 나가는 손님의 심보가 무엇인지 궁금하단다. 오후 10시 이후 간판 불을 꺼도 나가지 않는 손님, '손님은 왕'이라며 예의 없게 구는 손님들 때문에 고생하는 자영업자도 많다.

백화점 화장품 코너에서 다짜고짜 계속 샘플을 더 달라고 억지를 부리는 사람, 맛없다고 돈을 다 못 내겠다고 버티는 사람, 서비스 안 준다고 다른 가게하고 비교하며 이죽거리는 사람, 가게 밖에서 사 온 술을 가게 주인에게 허락받지 않고 마시는 사람. 나도 100점짜리 손님이라 자부할 수 없지만, 최소한의 선을 넘는 사람들을 보면 화가 난다.

서로 내 집처럼, 내 것처럼, 내 사람처럼 대하면 어떨까. 예전에 엔터테인먼트 회사에 들어가지 않고 매니저와 둘이서 3개월 정도 일한 적이 있다. 그때 기름값을 아끼려고 동선을 효율적으로 짰다. 비용을 줄이려고 고군분투했다. 그때의 경험은 회사 생활을 하는 데 큰 도움을 주었다.

그 후로 나는 엔터테인먼트 소속 아티스트로 생활하면서, 법인 카드를 내 카드 쓰듯 아껴서 사용한다. 매니저에게도 일러준다. 남의 카드 쓰듯 막 쓰지 말고 내 카드라 생각하며 소중히 쓰자고 말이다.

사람 사이에는 간극이 있다. 나를 생각하는 건 좋지만 때로 우리는 상대를 지나치게 생각하지 않는다. 서로 배려하고 예의를 지키면 좋겠다. 내가 좋은 매너를 보이면 좋은 매너가 나에게 돌아온다. 매너에 유머가 있다면 더 좋다. 유머가 없다면 웃으면서 다가가보자. 분명 같이 웃을 것이다.

애청자들

　내가 진행하는 라디오 방송 스튜디오는 웃음이 샘솟는 곳
이자 내 슬픔을 들키는 곳이다. 정확히 말하면 내가 가진 슬픔
을 들키게 해주는 곳이다. 라디오 세계에서 VIP는 청취자다.
들어주고 문자를 보내주는 그들이 없다면 아마 라디오 프로
그램을 만드는 사람들은 가짜 사연을 만들고 생쇼를 해야 할
것이다. 매체가 다양해지면서 라디오가 죽었다고 말하는 사람
들도 있지만, 여전히 라디오를 듣고 사랑하는 분이 많다. 영상
이 아닌 소리가 주는 힘이 있으니까.

　얼마 전, 제주도에 갔을 때 일이다. 현지인이 운영하는 동네
맛집이라고 제주도에 사는 친구들이 추천해서 간 집은 '도연
이네그집.' 식당에 들어가자마자 주방에서 사장님이 세상 밝

은 표정으로 나오시며 나를 반겨주셨다.

"영철 씨, 나 여기 사장이에요. 다시 만나서 너무 반가워요. 2년 전 제주도 특강 왔을 때 우리 딸이 강연 예약해줘서 만났잖아요."

내 기분을 띄워주시려나 싶었는데 갑자기, "그 강연 때 제가 마지막에 했던 말 기억나시려나?"라고 물으니 찌릿했다. 어떤 말을 했는지 기억이 나지 않았기 때문이다.

사장님이 이어 말했다.

"영철 씨가 강연 마무리할 때 '영어도 부족하고 모자라는 게 많지만 꿈을 꼭 이룰 거다'라고 말했잖아요. 그래서 제가 '지금도 충분해요, 영철 씨'라고 말했더니, 관객석을 바라보던 영철 씨가 고개를 뒤로 돌려서 막 박수가 터졌잖아요."

"아, 그때 말씀한 분이 사장님이셨어요? 다 기억나요."

그때를 어떻게 잊는단 말인가. 사장님과 나는 하이파이브를 했다. "저 그날부터 영철 씨 라디오 방송 매일 들어요. 아침 7시가 가장 행복한 시간이 되었어요. 그 시간에 점심 장사 준비해요"라고 사장님이 말하는데 정말 행복했다.

내가 식당에 왔다는 소식이 알려졌는지, 사장님 후배로 보이는 분이 내 사인을 받으러 오셨다. 그분은 참기름집을 운영하신다고 했다. 기분 좋게 밥을 먹고 나가려는데, 그분이 슬리퍼를 신고 헐레벌떡 뛰어오셨다.

"저기, 영철 씨이 잠깐만, 가지 마!"

나도 참기름집 사장님이 있는 쪽으로 달려갔는데, 사장님이 뭔가를 나에게 건넸다. 이게 뭐냐고 묻자, 남편분이 사인을 받았으면 사인값을 줘야 한다며 참기름을 선물로 주라고 했다고 한다. 참 고마웠다. 며칠 전에는 그분이 인스타그램 다이렉트 메시지로 참기름 다 떨어졌으면 보내주신다고 하여, 아직 남아 있고 다음에는 내가 직접 구매하고 싶다고 회신을 했다.

내 라디오 방송을 듣고 "힘을 얻는다" "출근길이 신난다" "재밌다" "따뜻하다" 등 찐한 애정을 보내주시는 애청자가 많다. 산책길에서, 택시 안에서, 카페에서 종종 애청자들을 만나곤 한다. 애청자들이 좋아하면 더 열심히 해야겠다는 생각이 든다. 같은 시간 여러 라디오 채널이 있는데 내가 하는 방송을 택해 들어준다는 건 선택을 받았단 것 아닌가.

종종 애청자들이 나에게 묻는다. 어떻게 아침 라디오 방송에 지각하지 않고 꾸준히 하는지. 예전에는 이러쿵저러쿵 이야기했는데 요즘은 이렇게 말한다.

　"방송국에서 돈을 주니까 단번에 일어나게 되던데요?"

　내 깨방정을 애청자들이 거부하지 않는 날까지 계속 라디오 방송을 해보자고 다짐한다.

국경 없는 우정

2015년 〈비정상회담〉에 게스트로 나간 날 타일러 라쉬를 처음 만났다. 나는 타일러를 똑똑한 사람이라 생각했고, 타일러는 나를 시끄러운 형으로 기억했을 것이다. 한 회 녹화가 끝나고 따로 연락하지 않다가, 2016년 라디오 방송에서 영어 코너를 만들며 타일러와 가까워졌다. 청취자가 보낸 사연을 영어로 번역해보는 코너였다. 코너명은 '비정상영어.' '아, 열 받아 죽겠네' '배고파 미치겠네' '죽고 싶어 환장한 거야?' 등의 표현을 직역이 아닌 현지인의 언어로 배워보는 건데, 청취자 반응이 좋았다. 그래서 2개월 만에 '타일러의 진짜 미국식 영어'라고 코너명을 바꾸고 지금까지 함께하고 있다. 《김영철·타일러의 진짜 미국식 영어》라는 시리즈 세 권도 함께 냈다.

우리는 큐 사인이 돌면 프로답게 일했지만, 그다지 가깝게 지내진 않았다. 전체 회식이나 출판기념회나 여러 동료와 식사를 할 때 봤지, 따로 자주 연락하지는 않았다. 그러다 최근 '파스타' 때문에 급속도로 가까워졌다. 결국, 가깝게 지낼 인연이 아니었나 싶다.

어느 날, '타일러의 진짜 미국식 영어' 녹음 중에 한 청취자의 질문을 소개했다. "타일러는 어떤 파스타를 가장 좋아해요? 어떤 파스타를 잘해요?" 가장 좋아하는 파스타는 따로 없다고 하는 타일러에게 내가 "봉골레? 카르보나라?" 하며 끼어드니까, 타일러는 "그냥 해 먹어요. 파스타 종류를 규격화해서 만들어 먹지 않아요"라고 했다. 덧붙여 1만 5천 원짜리 파스타를 식당에서 먹는 거 보면 돈이 너무 아깝다고 했다. 내가 "가끔 라면도 밖에서 사 먹지 않느냐"라고 물으니 "라면도 집에서 끓여 먹어야지"라는 답이 돌아왔다. 그날 방송 중에 내가 언제 한번 집에서 파스타 만들어주면 먹으러 간다고 말했더니 타일러가 방송이 끝나고 말했다.

"형, 언제 집에 놀러 와요. 맛있는 파스타 해드릴게요."

내가 누군가! 바로 실행에 옮기는 사람 아닌가. 그래서 인도 출신인 타일러의 친구, 나의 친구와 함께 타일러의 집으로 갔다. 이층집이었는데, 1층엔 다른 사람이 살고 타일러는 2층과 옥탑방을 썼다. 석양이 보이는 옥탑에서 식전주와 타일러가 만들어준 치즈가 올라간 비스킷을 먹으니 캘리포니아의 산타모니카 해안에 있는 듯했다.

식전주를 마시고 나서 2층 다이닝룸으로 이동했다. 다이닝룸에는 조선 시대 도자기와 옛날 식기가 놓여 있었고 서양화도 있었다. 동서양의 조화로움이 느껴지는 룸을 보니 가히 한국을 사랑하는 미국인다웠다.

집 구경을 하는 중에 타일러가 파스타를 만들어주었다. 토마토, 양파, 고기, 소스 몇 개, 레드 와인 한 병을 넣고 천천히 하루 동안 저어 만든 파스타라고 했다. 정성이 담긴 파스타가 맛이 없을 수 있을까? 면에 소스를 듬뿍 버무려 한입 먹었는데 놀라웠다. 깊고 진한 풍미에 감탄했다. 이탈리아 시칠리아에 있는 유명한 할머니 파스타 가게에서 맛볼 수 있는 파스타가 이런 맛일까? 나는 이탈리아에 가본 적이 없지만, 왠지 그럴 것 같았다. 살면서 처음 맛보는 맛있는 파스타였다. 타일러가 집에서 파스타를 해 먹는 이유를 비로소 완벽히 이해했다.

음식을 먹으며 찬장에 있는 도자기 그릇 이야기를 하다가, 타일러는 인테리어 업자가 상부 장 만드는 걸 이해하지 못해서 결국 자기가 상부 장과 하부 장을 만들었다고 말했다. 나도 상부 장이라는 단어를 처음 들어서 상부 장이 뭐냐고 타일러에게 물어보니, 타일러가 "회사 부장님 아니고요. 위 찬장을 상부 장, 싱크대 아래 장을 하부 장이라고 해요. 그래서 상부 장, 하부 장이라고 말해요"라고 하는 게 아닌가. 내가 나의 무지를 부끄러워할까 봐 "인테리어에 관심 없으면 잘 모를 수 있어요"라고 덧붙이는 그의 친절한 배려! 타일러가 '대한미국인'이라 불리는 이유를 다시 한번 알 수 있었다.

그날 나의 친구는 "오랜만에 한국말 통하는 외국인하고 놀아서 기분이 좋다"라고 말했다. 말이 통하는 즐거운 만남은 얼마나 귀한가. 그날 나는 타일러와 인도 출신 친구가 한국에서 받았던 상처를 보듬어주기도 했다. 타일러 집에 놀러 갔다 온 이후, 우리는 더 친밀해졌다. 그리고 영어 홈페이지 '김영철닷컴kimyoungchul.com'을 만드는 데 타일러가 큰 도움을 주었다. 참 고맙다.

얼마 전, 라디오 방송에서 청취자가 타일러에게 10년 뒤 뭐

하고 있을 거 같으냐고 물었다. 타일러가 "음, 글쎄요? 뭐 하고 있을까요?" 하고 고민하자, 내가 "그럼 한국에 있을 거 같아요, 미국에 있을 거 같아요?"라고 다시 물어봤다. 타일러가 "미국에 있겠죠? 그때는…" 하고 말하는데 벌써 아쉬움이 몰려왔다. 타일러가 우리나라를 떠나기 전 더 잘해주고 싶다. 우리나라에 살면서 외로움이 컸음을 알았으니, 타지에 있는 동안 좋은 형이 되어 외로운 마음을 따스하게 채워주고 싶다. 그가 좋다고 하면 말이다. 형, 동생이 되는 데 국경이 있겠는가. 누군가의 마음이 외로운지 꾸준히 들여다보며 쓰다듬어주면 평생 인연이 되는 것 아니겠는가. 타일러와 나의 우정이 더 단단해지길 바란다.

통역사에게
배운 것들

주말에 통역사 부부를 만났다. 영어 이야기가 대화의 주였다. 그간 내가 어떻게 영어 공부를 해왔는지 말하고, 문제점이 무엇인지 나름 점검받는 시간이었다. 이런저런 이야기를 하다가 몇 가지 사실을 알게 되었다.

첫 번째는 통역사도 한글 자막으로 미드를 본다는 사실이다.

"너희는 좋겠다. 미드 볼 때 자막 없이 봐서. 정말 편하고 좋지?"

"아니요! 무조건 한글 자막으로 봐요. 보통 사람과 똑같아요. 자막 없이 보면 영어를 떠올려야 하고 일하는 것 같아서요. 미드를 보는 시간은 온전히 드라마를 보는 시간이지요. 영어 학습하는 시간이 아니라."

"중간에 특이한 발음이 들리거나 단어 한두 개가 안 들리면 어떻게 해?"

"아, 그럼 짜증 나죠."

직업병은 어쩔 수 없다. 들리는 걸 못 들은 척할 수는 없으니까.

두 번째는 통역사도 모르는 단어가 있다는 사실에 놀랐다.

미국대사관에서 일하는 미국인의 표현 중에 'endearing'이라는 말이 있었다. '사랑스러운(lovely와 유사한 표현으로 귀여운 구석이 있고 정다운 사람을 표현할 때 쓴다)'이라는 뜻이다. 처음 들었을 때 생소한 단어라 포털 사이트 사전을 검색하고 나서야 그 뜻을 알았다. 이 단어를 아는 교포 친구도 있지만, 영어 공부를 하는 사람 중에도 처음 듣는 단어라며 "무슨 뜻이야?"라고 묻는 사람들이 있다.

통역사 부부에게 'endearing'이라는 표현을 썼다. 두 사람의 캐릭터를 설명하던 중이었다. 잘난 척하거나 뽐내려 한 건 아니었다(에이, 솔직히 말하자면 세련된 어휘 같아서 아는 척하고 싶었다!) 그들은 'endearing'이라는 단어를 정말 처음 들어본다고 했다.

"우리도 모르는 단어 많아요. 그냥 느낌으로 이해하고 갈 때도 있다고."

그러고 보면 우리도 우리말, 우리 단어를 어찌 다 알겠는가!

몇 년 전 아는 분이 어떤 사람의 성격을 말하다가 "걔 좀 든 적스럽지 않니?"라고 했다. (욕을 하는 타이밍이었다.) 뭔가 음흉하고 부정적인 뉘앙스가 풍겼는데, 처음 듣는 말이었다. '든적스럽다'의 사전적 뜻은 "하는 짓 따위가 치사하고 더러운 데가 있다"이다.

전에 몰랐던 새로운 어휘를 배우는 것은 여전히 재미있고 신나는 일이다. 통역사 부부도 당당히 모르는 걸 모른다고 말하며 전혀 신경 쓰지 않았다. (집에 가서 단어 뜻을 찾아보았으려나?) 완벽하지 않아도 된다는 걸 배운 날이었다. No one is perfect. 완벽한 사람은 없다. (왠지 영어 문장 하나 쓰고 싶었다.)

마지막으로 놀란 점이다.

그 부부는 지금도 공부하며 모르는 표현을 찾아본다고 했다. 어학 공부를 할 때 수십 번 암기하고 써보고 뱉어내는 과정을 거쳐야 한다는 것은 모두 알고 있는데, 실천하기란 쉽지 않다(통번역대학원 교수인 후배는 최소 12회를 반복해야 한 단어가 온전히 내 것이 된다고 하는데, 실상 나이가 들면 20회 반복해도 모자랄 판이다). 난 연신 놀라움을 금치 못하고 "아직도 공부해?"라고 물어보았다. 그들은 당연하다는 듯 "안 하면 도태되죠!"라고 했다. 또 한 번 무릎을 치고 허벅지까지 치며 "아하"라고 감탄했다.

왜 그럴 때 있지 않은가. 나만 새벽에 기상하고, 나만 영어 학원에 가고, 나만 가장이고, 나만 일하는 것 같아 분함이 올라오는 그런 날 말이다. 그런 날에 통역사 부부를 떠올린다. 나보다 더 치열하게 살아주어 고맙다. 내일 아침 다시 영어 공부를 하는 데 명분을 만들어준 그들에게 하고 싶은 말이다.

나는 요즘 우리나라 뉴스를 보고, 영어 뉴스를 보고, 요점 정리를 한다. 신문을 다 통독하지 않고, 기사나 칼럼 두 편을 오려서 이동할 때 차 안에서 본다(그러고 보니 우리 집에는 가위가 세 개 있다. 택배 테이프를 뜯을 때 말고 기사나 칼럼을 오릴 때 가위를 써야겠다).

전문가를 만나 영어 공부 상담을 할 수 있던 건 복이었다. 마치 의사 선생님을 만나 어디가 아프고 어떤 약을 먹으면 되는지 처방받은 기분이었다. 설레고 기대도 되면서 살짝 걱정도 했다. '내일부터 또 재미나게 영어 공부를 할 테고, 영어 실력이 또 조금 늘어날 테고, 또 잘난 척을 할 텐데 어쩌지? 일단 해보자. 내가 잘난 척하면 놀랍게도 누군가가 또 눌러줄 테니!' 연습이 완벽함을 만든다. 오로지 연습만이 살길이다. 실전에서 능수능란하려면 늘 연습이 필요하다.

세상에서 가장
웃긴 그녀

"엄마가 제일 웃기고, 애숙이 누나가 그다음 웃기고. 그럼 김영철 씨는 집에서도 제일 못 웃기네요."

진경이와 함께 출연한 〈금요일 금요일 밤에〉 '아주 특별하고 비밀스런 내 친구네 레시피' 첫 회 시청자 댓글을 읽다가 웃음을 터트렸다. 나는 엄마의 유머러스한 유전자를 물려받아 코미디언이 되었다. 나의 유머러스함을 의심하는 분들이 있으니, 엄마의 긍정적인 면을 물려받았다고 말하는 편이 좋으려나?

주제에 벗어나는 이야기이긴 하지만, 방송에서 소개된 엄마의 '구운 떡 떡국' 레시피를 소개한다. 보통 떡국과 다른 점은 떡. 찹쌀과 멥쌀 반죽을 넓게 펴서 굽고, 앞뒤로 뒤집어가며 노릇노릇 부친 뒤, 그걸 떡국에 넣는다. 기름기가 좌르르 흐르고 쫀득쫀득한 떡은 보통 우리가 먹는 떡과는 맛이 다르다. 떡국에 앙장구(성게, 경상도 사투리)를 넣으면 국물 맛과 풍미가 배가 된다.

여하튼 나의 엄마, 이복자 선생님은 형제, 친척뿐 아니라 동네 어르신들이 인정하는 재담꾼이다. 없던 일을 만들어내지는 않고 있던 일을 생생히, 조금은 부풀려서 재현한다.

몇 년 전 엄마의 지인이 위독하다는 말을 듣고 "오늘내일 하신다며?" 묻자, 엄마가 한 말이 기억난다. "죽았다." 애숙이 누나와 내가 휘둥그레진 눈으로 엄마를 보았고, 내가 "어? 아직이라던데?"라고 하니, 엄마가 "아, 오늘 말고 내일. 내일 말고 내일모레 죽는다. 아, 그날 죽을 끼다"라고 했다.

대체 이게 무슨 말인가 싶어서 엄마에게 자세히 말해보라고 하자, "아따라마. 오늘은 추석 전날이라 그 집도 명절 준비를 해야 한단다. 내일도 그렇고. 그래서 차례 지내고 다음 날 산소호흡기 뺀단다. 아이고, 안됐제, 그쟈?"라며 무덤덤하게 말하곤 음식을 했다.

팔순이 되면 죽음 앞에서 태연해지는 건가? 아니면 슬픈 감정을 숨기는 것인가? 엄마는 유난히 탄생과 죽음 앞에서 초연함을 보인다.

"진석이 삼촌 집, 큰 아, 아 낳았다. 딸래미"

"학문이 할매 있제… 죽었다. 오늘 거 상갓집 간다. 안됐더라. 쯔쯔. 전화 끊어라."

큰누나, 매형, 애숙이 누나, 조카들은 엄마의 놀랍도록 담담한 태도와 말투에 웃곤 한다.

엄마의 팔순을 기념하려고 필리핀 세부로 가족 여행을 갔다. 무릎이 좋지 않아 잘 걷지 못하는 엄마를 보고 여행에서 돌아오자마자 무릎 수술을 권했다. 주변 지인의 지인 수술 성공기를 들려주며 자연스레 수술을 권유했다. 수술은 성공적이었고 4주 재활 훈련을 잘하라고 엄마에게 전화했다.

"엄마 수술 잘됐다더라. 이제 재활해야지"라고 하는데, 엄마가 "영철아, 난 재활 안 한다. 병원비 네가 냈다며? 엄마 돈 모아둔 거 있는데… 삼촌이 보태줬는데…"라며 울먹였다. 내가 엄마 말을 끊으며, "엄마 아들 돈 잘 버는데, 병원도 자주 못 갔는데 미안해서라도 내가 내야지. 그리고 재활도 잘하자"라고 했더니, 엄마는 "엄마가 나이만 먹고 너한테 그래 잘해준 것도 없는데 애만 먹이고 있네"라고 했다. 분위기 전환이 필요할 것 같아서 "엄마, 애 좀 먹이라, 나한테. 응?" 하는데 엄마가 계속 울었다. 그래서 "엄마, 코미디언 선배 엄마는 재활 딱 4주 마치고 조그마한 비닐하우스 만들어서 가꾸고, 살살 일도 하신대. 엄마도 그래야지?" 했더니, 엄마가 울음을 멈추고 말했다.

"그래, 그럼 재활하고 밭농사부터 시작해보자. 논농사는 자신이 없고. 알았다, 그래 할게. 니 시키는 대로!"

이 이야기를 나누던 길거리가 아직도 기억이 난다. 도산공원사거리 근처에 있는 신한은행에서 돈을 부치고 나오던 길. 큰길에서 엄마의 말을 듣고 울다가 웃다가를 반복했다.

엄마가 외할머니를 닮아서 그런가. 외할머니가 그렇게 동네 사람들을 웃기셨다고 한다. 외가 쪽은 유난히 마이크를 좋아한다. 큰외삼촌은 농협조합장을, 둘째 외삼촌도 이장을 오래 하셨다. 나도 외가 쪽 피를 이어받은 게 아닌가 싶다.

나는 엄마가 우는 걸 거의 본 적이 없다. 엄마가 웃고 장난을 잘 쳐서 그런지 "누님요" "형님요" "아지매요"라고 하며 엄마에게 상담하러 오는 사람도 많다. 동네에서 자타공인 안티 없는 아지매로, 할매로 사는 거 같아서 다행이다.

엄마는 나이 들어가는 걸 서글퍼하지 않는다. "영철아, 정고 할매 다음으로 내가 나이가 젤 많다. 인자 내 위로 다 죽었다"

라고 태연하게 말한다. "울산에 어떤 할매가 백신을 맞고 잘못 됐다고 하니 그렇지. 아이고, 나이 들고 죽겠다는 말 다 거짓 말이다. 나 안 죽을란다! 마스크 끼고 댕기고, 잘 때도 마스크 안 벗을게"라며 코로나19 백신 접종을 미루더니 컨디션 조절 뒤에 백신 접종을 한 날 그랬다.

"이 좋은 걸 왜 이제 맞았지?"

얼마 전, 나는 큰누나의 말에 고개를 끄덕였다.

"영철이 네 잘되고, 나도 애숙이도 잘되는 게 엄마 덕인 것 같다. 엄마가 워낙 사람들에게 잘하고 많이 베푼 게 우리에게 돌아오는 거 같다."

눈앞에 있는 사람에게 아낌없이 나눠 주는 태도를 엄마는 누구에게 배웠을까? 주면 돌아오고 받으면 나누어 줘야 한다 는 생활 철학을 어떻게 익혔을까?

실력도 내공도 턱없이 모자란 내가 지금까지 방송국에서 살아남을 수 있었던 건 모두 엄마 덕이다. 엄마에게 야단을 맞 지 않고 웃음과 유머를 배운 덕이다. 내 엄마, 이복자 선생님, 고맙습니다.

앞면과 뒷면이
있는 사람

책을 쓰는 건 쉽지 않다. 소재가 고갈되고 생각이 막힐 때마다 머리를 감싸 쥐었다. 초고를 끝낼 무렵 글쓰기의 힘겨움이 회오리쳤다.

"오죽하면 산고産苦라고 하겠니? 술술 써지는 게 위험한 거지. 힘든 건 잘되고 있다는 뜻이야. 네가 책을 쓰기로 했던 초심을 잘 떠올려봐. 조바심 내지 말고."

이런 내 마음을 잘 알고 있다는 듯, 친한 작가 누나가 문자를 보냈다.

편집자에게 슬쩍 앓는 소리도 했다. "글이 써지지 않을 때는 잠시 쉬셔도 돼요. '앞면과 뒷면'이라는 주제로 글을 써보면 어떨까요?"라고 편집자가 말했다. "사람, 인생, 우주, 나의 앞면과 뒷면을 떠올리면 막힌 문장이 풀릴 수도 있을 것 같다"라는 말에 "아… 감사합니다" 하고 답했다.

　나의 앞모습은 어떤가? 카메라 앞에 서는 일을 하다 보니 예쁜 옷을 입고 메이크업하기에 바빴다. 사랑받으려고 안간힘을 썼다. 때론 싫어도 좋은 척하고, 우울해도 행복한 척 SNS에 사진을 올렸다. '좋아요' 숫자가 얼마나 늘었는지 보며 하루를 보내기도 했다.

　그러다 며칠 전, 한 작가 누나에게 혼쭐이 났다.

　"영철아, 너, 마지막 편집할 때 그 장면 뺐어. 그러니까 좀 신경 써야 해. 알았지?"

　보통 리액션을 잘하는데 가끔 남들이 웃을 때 나만 웃지 않는 모습이 드러난 것이다. 가만 보면 나는 앞모습을 참 못 챙긴다.

　아직도 다른 사람들 앞에서 어떤 앞모습을 보여줘야 하는지 헤맨다. 남들 웃을 때 정색하고, 정작 제대로 한번 정색해야 할 때는 억지로 웃기도 한다. 미안했다. 최선을 다했지만, 때론 억지로 웃을 때도, 가식으로 대할 때도 있었다. 제작진과 스태프는 그런 내 모습을 잘 편집해 나를 지켜줬다. 이 자리를 빌려 내 앞면을 200퍼센트 멋지게 만들어준 그들에게 감사

인사를 전한다.

　나의 뒷모습은 어떠한가? 몇 년 전에 받은 문자가 떠오른다. 친구와 밥을 먹고 헤어진 뒤 집에 도착하니, 친구가 문자 한 통을 보내왔다.

　"횡단보도를 건너는 네 뒷모습이 외롭고 쓸쓸해 보였어."

　10월이었고, 온종일 비가 내리다 그친 날이었다. 그때 나는 트렌치코트를 입고 오른손에 우산을 들고 고개를 푹 숙이고 걸어갔다. 축축한 기운이 온몸을 감싼 날이라서 그런지 기분이 센티했다. 나의 뒷모습은 앞모습과 다를 때가 종종 있다. 다들 그렇지 않은가?

　문득 헤어지고 집으로 돌아가는 사람의 뒷모습을 생각해본다. 친구든 연인이든 가족이든, 헤어지는 뒷모습은 쓸쓸함을 머금고 있다. 특히 엄마의 뒷모습을 보면 가슴이 찌르르 저린다. 가끔은 눈물이 흘러 눈동자가 맑아진다. 그래서 나는 내가 먼저 등을 돌리는 편이다. 뒷모습은 늘 그렇다. 기쁨보다 슬픔을 보여준다.

　오래전 지은 누나에게 미셸 투르니에가 쓴 《뒷모습》이라는 책을 선물 받았다. "스트레스 많이 받고 쓸쓸할 때 편안한 마음으로 읽어보길… 아름다운 뒷모습을 기대하며"라는 메모가 면지에 적혀 있었다. 《뒷모습》은 쓸쓸한 날, 기분이 그저 그런 날 몇 장씩 넘겨보는 인생 책이 되었다. 등 뒤에 진실이 있고 뒷모습은 거짓말을 하지 않는다는 게 이 책의 핵심 메시지다. 나는 이 책을 읽고 나의 뒷모습이 어떤지 늘 궁금했고, 오늘은 또 어떤지 궁금하다.

2016년 10월 24일, 라디오 DJ가 된 첫날, 첫 오프닝은 내가 썼다. 각오와 계획을 주저리주저리 말하다가 "청취자에게 많이 들키겠다"라고 했다. 라디오 방송은 목소리만 드러나기에 기분을 쉽게 감출 수 없기 때문이다. 청취자분들은 목소리를 듣고 오늘 DJ의 기분이 어떤지 귀신같이 알아맞힌다. 그러니 웬만하면 유쾌하게 방송하고, 어제 뭐 했는지 오늘 뭐 할 건지 솔직히 말하고, 진짜 내 모습을 속속들이 보여주겠다는 다짐이었다.

과거와 현재의 내 모습이 어떤지는 잘 모르겠다. 하지만 앞으로의 나는 이런 모습을 갖기를 꿈꾼다. 당당하고 솔직하고 너그럽고 따스한 사람. 모르는 건 모른다고 정직하게 말하고,

아는 건 안다고 말하며, 잘난 척도 하고, 외롭고 쓸쓸한 모습을 감추지 않고 그럴싸하게 드러낼 줄 아는 사람. 남이 나를 치켜세워줄 때까지 기다리는 사람이 되고 싶다. 실은 이게 너무 힘들다. 그래도 겸손하려고 노력할 것이다. 꾸미지 않은 내 모습을 사랑해주는 사람이 있기에 오늘도 힘을 낸다.

도움받은 책

1장.

이미예,《달러구트 꿈 백화점》, 팩토리나인, 2020~2021

루이스 캐럴, 존 테니엘 그림, 김경미 옮김,《이상한 나라의 앨리스》, 비룡
소, 2005

루시 모드 몽고메리, 조디 리 그림, 김경미 옮김,《빨간 머리 앤》, 시공주
니어, 2019

에쿠니 가오리, 신유희 옮김,《호텔 선인장》, 소담출판사, 2003

베르나르 베르베르, 이세욱 옮김,《개미》, 열린책들, 2001

2장.

김용택,〈달이 떴다고 전화를 주시다니요〉,《그대, 거침없는 사랑》, 푸른
숲, 2003

헨리 데이비드 소로, 강승영 옮김,《월든》, 은행나무, 2011, 482쪽, 485쪽

채희문,〈빈 배낭〉,《소슬비》, 황금마루, 2014, 44쪽

너새니얼 호손, 김욱동 옮김,《주홍 글자》, 민음사, 2007

김형경,《피리새는 피리가 없다》, 한겨레신문사, 1998

김영철,《일단, 시작해》, 한국경제신문사, 2013

유선경,《어른의 어휘력》, 앤의서재, 2020

장영희,《살아온 기적 살아갈 기적》, 샘터, 2009

3장.

임경선, 《평범한 결혼생활》, 토스트, 2021

권대웅, 《당신이 사는 달》, 김영사ON, 2014

오프라 윈프리, 송연수 옮김, 《내가 확실히 아는 것들》, 북하우스, 2014

니콜로 마키아벨리, 강정인·김경희 옮김, 《군주론》, 까치, 2015

박완서, 《모래알만 한 진실이라도》, 세계사, 2020

브루스 윌킨슨, 마영례 옮김, 《야베스의 기도》, 디모데, 2001

4장.

김은령, 《밥보다 책》, 책밥상, 2019

엘레나 페란테, 김지우 옮김, 《나의 눈부신 친구》, 한길사, 2016

켄 블랜차드, 조천제 옮김, 《칭찬은 고래도 춤추게 한다》, 21세기북스,
  2003

김영철·타일러, 《김영철·타일러의 진짜 미국식 영어》, 위즈덤하우스,
  2017

닫는 글

미셸 투르니에, 김화영 옮김, 《뒷모습》, 현대문학, 2002